그들의 문학과 생애

한국문학평론가협회 | 한길사 공동기획

그들의 문학과 생애

홍명희

강영주 지음

한길사

그들의 문학과 생애

홍명희

지은이 · 강영주
펴낸이 · 김언호
펴낸곳 · (주)도서출판 한길사

등록 · 1976년 12월 24일 제74호
주소 · 413-756 경기도 파주시 교하읍 문발리 520-11
   www.hangilsa.co.kr
   E-mail: hangilsa@hangilsa.co.kr
전화 · 031-955-2000~3   팩스 · 031-955-2005

상무이사 · 박관순 | 영업이사 · 곽명호
편집 · 박희진 박계영 안민재 이경애 | 전산 · 한향림 | 저작권 · 문준심
마케팅 및 제작 · 이경호 | 관리 · 이중환 문주상 장비연 김선희

출력 · 지에스테크 | 인쇄 · 현문인쇄 | 제본 · 성문제책

제1판 제1쇄 2008년 1월 31일

값 15,000원
ISBN 978-89-356-5988-3 04810
ISBN 978-89-356-5989-0 (전14권)

• 이 도서의 국립중앙도서관 출판시도서목록(CIP)은
e-CIP 홈페이지(http://www.nl.go.kr/cip.php)에서 이용하실 수 있습니다.
(CIP제어번호: CIP2008000231)

스무살에 일본 유학 이미 조금 늦었으니

객지 생활에 계절의 바뀜만 각별히 느껴지네

나라 걱정 날로 깊어 마음은 쉬이 늙고

집을 떠나 길이 머니 꿈에서도 찾기 어렵네

탁자에 향 피우고 차를 달여 마신 뒤요

집집마다 봄비 맞아 꽃들을 키울 때라

어느 해나 남아의 뜻 이룰 수가 있을까

고개 돌려 하늘 향해 묻고 싶어지는구나

·· 홍명희, 「우제」

머리말

한국근대문학사에서 벽초(碧初) 홍명희(洪命憙)는 매우 독특한 존재이다. 그는 결코 직업적인 문인이 아니었고, 그가 남긴 소설도 『임꺽정』(林巨正) 단 한 편에 불과하다. 그럼에도 불구하고 오늘날 『임꺽정』은 한국 근대소설 백년을 대표하는 가장 탁월한 작품의 하나로 손꼽히고 있으며, 홍명희는 한국근대소설사에 지울 수 없는 족적을 남긴 작가로 간주되고 있다. 그가 해방 직후 최대의 문인단체였던 조선문학가동맹 중앙집행위원장으로 추대된 사실은 그의 작가적 위상을 단적으로 보여준다고 하겠다. 그 점에서 홍명희는 만해 한용운에 비견될 만한 인물이라 할 수 있다. 한용운이 저명한 민족운동가이면서도 시집 『님의 침묵』 한 권으로 식민지시기 최고의 시인으로 평가되듯이, 홍명희 역시 신간회운동을 주도한 민족운동가이면서 동시에 『임꺽정』 한 편으로 족히 한국근대소설사상 최고의 작가로 평가될 수 있으리라 본다.

또한 홍명희는 자타가 공인하는 민족주의자였음에도 불구하고 분단 이후 북을 선택하였다. 그는 1920년대에 한때 사회주의 사상단체에 가담하기도 했지만, 민족해방과 통일독립을 시대적 급선무로 알고 최우선시한 민족주의자였다. 해방 직후 좌익으로 널리 알려진 문인들이 월북 이후 대부분 숙청당한 데 비해, 홍명희는 종신토록 고위직을 지내며 북한의 대표적 지식인으로 명망을 누렸다. 북에서도 홍명희는 어디까지나 사회주의자가 아닌 민족주의자로 간주되었거니와, 북한 정권은 그들이 민족통일전선 노선을 포기하지 않았음을 대내외에 보여주고자 홍명희를 그처럼 각별히 예우했던 것이 아닌가 한다. 그리하여 그는 월북 문인 중 사후에 애국열사릉에 안장된 몇 안 되는 문인의 한 사람이 된 것이다.

홍명희의 『임꺽정』은 1928년부터 1940년까지 무려 13년에 걸쳐 인기리에 연재된 대하역사소설이다. 일제 말에 단행본으로 출간되자 전(全) 문단적인 찬사를 받으며 우리 근대문학의 고전이라는 정평을 얻었고, 1948년에 재판이 간행되어 해방 후 한글 교육을 받은 새로운 세대에게도 열렬한 환영을 받으며 널리 읽혔다. 그러나 홍명희가 월북한 이후 『임꺽정』은 금서가 되어 오랫동안 남한에서는 잊혀지다시피 하였다. 그러다가 1980년대 중반에야 다시 출판되어 커다란

반향을 일으켰으며, 그 후 남북관계의 진전에 따라 홍명희와
『임꺽정』에 대한 학문적 논의도 비로소 가능해지게 되었다.

이 책에서는 필자의 논저들을 포함한 학계의 그동안의 연
구성과를 바탕으로 하여, 월북 문인의 한 사람으로서 홍명희
의 생애와 문필활동을 집중적으로 조명해보고자 한다. 홍명
희의 생애에서 가장 큰 비중을 차지하는 것은 식민지시기 신
간회운동과 해방 직후 통일정부수립운동을 포함한 민족운동
가로서의 활동이다. 그의 일생은 식민지 지배와 민족 분단으
로 점철된 한국근현대사의 축도라 해도 과언이 아니다. 그러
므로 홍명희의 삶을 총체적으로 재구성하다보면 그의 전 생
애에서 문인으로서의 활동은 지엽적인 위치로 밀려나기 쉽
다. 그러나 이 책에서는 홍명희의 민족운동가로서의 면모에
대해서는 간략히 다루는 대신, 문인으로서의 면모에 초점을
맞추어 그의 생애를 새롭게 재구성해보고자 한다. 따라서
최남선·이광수와 함께 『소년』지에서 활동하면서 '조선 삼
재(三才)'로 불리우던 신문학 초창기부터 월북 이후에 이르
기까지 홍명희의 문인으로서의 활동을 중점적으로 다룰 것
이다.

또한 월북 문인으로서의 홍명희에 주목하는 만큼, 이 책에
서는 그의 북한에서의 삶의 행적을 가능한 한 자세히 살펴보
고자 한다. 북한에서의 활동은 분단 상황으로 인해 구체적으

로 추적하기가 어려운 관계로, 그동안 필자는 본격적인 연구를 후일의 과제로 미루고 간략히 언급할 수밖에 없었다. 그러던 중 2005년 7월 민족작가대회 참가차 북한을 방문한 길에 홍명희의 손자인 소설가 홍석중(洪錫中)을 만나, 그로부터 홍명희와 『임꺽정』에 관한 북한 내의 문헌자료라든가 홍명희의 만년과 그의 가족관계 등에 대해 귀중한 도움말을 얻게 되었다. 그에 힘입어 이 책에서는 북한시절 홍명희의 삶과 문필활동에 대해 어느 정도 구체적인 윤곽을 그려볼 수 있게 되었다. 앞으로 남북간의 교류가 더욱 활발해져 월북 이후의 홍명희에 대해 한층 더 상세하고 깊이 있게 연구할 수 있는 날이 오기를 바란다.

2007년 11월
강영주

홍명희

성장·수학·방랑기
— 1888년부터 1918년까지

구한말 명문 양반가에서 태어나다

홍명희는 1888년 7월 2일(음력 5월 23일) 충청북도 괴산(槐山)에서 홍범식(洪範植)과 은진 송씨 간의 장남으로 태어났다.[1] 그의 자는 순유(舜兪)이고, 청년시절에는 가인(假人, 可人), 장년 이후에는 벽초라는 호를 주로 썼다.

홍명희의 가문은 풍산(豊山) 홍씨 추만공파(秋巒公派)로서, 당파상 노론에 속하는 명문 사대부가였다. 조선 후기 그 가문에서는 특출한 인물들이 허다히 배출되었거니와, 선조의 부마인 홍주원(洪柱元), 영조 때 이조판서로서 세손 정조의 사부였던 홍상한(洪象漢), 사도세자의 장인으로서 영의정을 역임한 홍봉한(洪鳳漢), 순조 때 좌의정을 지냈으며 우리나라 10대 문장가의 한 사람으로 고평되는 홍석주(洪奭周) 등은 그중 두드러진 예이다.

그러나 홍명희의 직계 조상들은 고조 홍정주(洪定周)까지 몇 대에 걸쳐 문과 급제자를 내지 못하다가, 증조 홍우길(洪祐吉, 1809~90)에 와서야 문과에 급제한 후 영달의 길로 들어서게 되었다. 홍명희의 증조부인 효문공(孝文公) 홍우길은 1850년 증광(增廣) 문과에 장원 급제한 뒤, 경상도와 평안도 관찰사, 한성부 판윤(判尹), 이조판서 등, 철종과 고종 양대에 걸쳐 오랫동안 여러 요직을 역임한 인물이었다.

홍명희의 조부인 홍승목(洪承穆, 1847~1925)은 원래 감역(監役)을 지낸 홍우필(洪祐弼)의 차남으로 태어났으나, 족부 홍우길의 양자로 들어갔다. 그는 1875년 별시(別試) 문과에 급제하여 대사간(大司諫), 형조와 병조의 참판, 중추원 찬의(贊議) 등을 역임하였다. 그리고 1910년 한일합방 직후에는 조선총독부 중추원의 찬의에 임명되었다.[2]

홍명희의 부친인 홍범식(호 일원[一阮], 1871~1910)은 1910년 금산군수로서 경술국치를 당해 비분 끝에 자결한 인물로 유명하다. 홍승목의 장남으로 태어난 그는 1888년 성균시(成均試)에 급제한 후 내부주사(內部主事)에 임명되었다가, 태인군수를 거쳐 1909년 금산군수가 되었다. 홍범식은 부모를 효성스럽게 섬기고 형제들을 우애로써 대하며, 학문을 좋아하고 글재주가 뛰어났다. 또한 그는 천성이 인애로위 부인과 같이 부드러웠으나, 불의를 보면 용납할 줄 모르고 의를 사모하는 지절을 갖추었다고 한다.[3] 홍명희는 그 성품과 자질 면에서 이러한 부친을 많이 닮았을 뿐 아니라, 부친이 일제 침략에 항거하여 순국한 충격적인 사태로부터 평생에 걸친 심대한 영향을 받았다.

홍명희의 직계 조상들은 대대로 서울 북촌에 거주하다가, 증조 홍우길 대인 1860년경에 충청도 괴산에 선산과 아울러 가족들을 위한 근거지를 별도로 마련하였다. 수백 년 묵은 아름드리 느티나무가 도처에 숲을 이루고 있어 괴산이라 불리게 된 이곳은 옛부터 산수가 빼어나고 충청도 내에서 인물이 많이 나기로 손꼽히는 고장이었다.

홍명희의 생가는 현재 행정구역상 괴산읍 동부리(東部里) 450-1로 되어 있는 인산리(仁山里) 고가이다. 홍씨 일가는 60여 년 동안 이 인산리 고가에서 대가족을 이루며 살았으므로, 홍명희는 부친 홍범식과 마찬가지로 이 인산리 고가에서 태어나 그곳에서 어린시절을 보냈다.

괴산 읍내 중심가 동진천(東津川) 옆에 지금도 남아 있는 이 인산리 고가는 선조 때 처음 지어졌다고 전해오며, 영조 초에 올린 기와장이 발견된 것으로 보아 지은 지 250년이 넘는 유서 깊은 고가이다. 대지 천여 평의 대저택인 이 고가는 오랫동안 퇴락한 채 언제 무너지게 될지 모르는 상태로 방치되어 있었으나, 그간의 홍범식·홍명희 생가 보전운동에 힘

입어 문화재로 지정되었고, 현재 대대적인 중수와 복원 공사
가 진행되고 있다.

한편 괴산읍 제월리 365번지 고택은 오랫동안 홍명희의
생가로 잘못 알려져왔으나, 본래 홍씨가의 묘막(墓幕, 산지
기집)이었다. 경술국치 때 홍범식이 순국한 후 집안이 기울
게 되자, 홍씨 일가는 1919년에 인산리의 대저택을 처분하
고 그 이전부터 소유하고 있던 이 제월리 묘막으로 이사했던
것이다. 지금까지도 등기부에 홍명희의 소유로 되어 있는 이
집은 한국전쟁 후 오랫동안 빈집으로 방치된 탓에 안채는 허
물어지고 사랑채만 남아 있는데, 현재 홍명희의 서계(庶系)
당질인 홍면(洪勉) 일가족이 거주하고 있다.[4]

홍명희 일가는 1920년대 이후 주로 서울에서 살았지만,
계모 조씨 등 일부 가족은 제월리 집에 남아 있었으며 홍명
희도 가끔 내려와 그 집에 머물렀던 것으로 전해진다. 마을
을 에돌아 괴강이 흐르고 괴산 팔경의 하나로 꼽히는 제월대
(霽月臺)가 건너다보이는 이곳 제월리에서, 홍명희는 식민
지시기의 고단한 서울생활에 지쳐 고향을 찾을 때면 종종 낚
시질을 하기도 했다고 한다. 이러한 연고로 1998년 10월 제
월대 광장에 그의 문학적 위업을 기리는 '벽초 홍명희 문학
비'가 세워지기도 했다.

홍명희의 생모 은진 송씨는 산후 탈이 병이 되어 3년을 내

리 않다가 아들 명희가 세 살 되던 해 세상을 떠났다. 홍범식은 이듬해 한양 조씨 조경식(趙璟植)을 재취로 맞아 그 사이에 성희(性憙), 도희(道憙), 교희(敎憙) 세 아들과 인희(仁憙), 숙희(琡憙) 두 딸을 두었다.[5] 이들 중 성희는 이복형인 홍명희와 의기가 투합하여, 후일 3·1운동을 위시하여 시대일보사 경영, 신간회 활동, 민주독립당 운영 등 많은 사회활동을 함께하였다.

생모를 일찍 잃은 홍명희는 주로 증조모 평산 신씨의 손에서 자라났다. 금지옥엽으로 태어났으나 일찍 어미를 잃은 증손 명희는 아기 때부터 유달리 몸이 약하고 병이 잦아서, 신씨부인은 밤잠을 편히 잔 날이 드물 정도로 애를 쓰며 키워야 했다. 그러한 까닭에, 손자 범식으로부터 고손 기문(起文)에 이르기까지 여러 후손을 키운 신씨부인이었으나, 유달리 증손 명희를 사랑하였다.

신씨부인의 말에 의하면 "어려서 클 때 어떻게 셈이 바르고 어떻게 영악하였는지 모른다"는 홍명희는 당시 양반가의 자제들이 대부분 그러했듯이 어린 나이에 한학 수업을 받기 시작하였다. 다섯 살 되던 해에 천자문을 배우기 시작하였으며, 여덟 살 되던 해에 『소학』(小學)을 배우고 한시 짓는 법을 익혔다. 이러한 초기의 한학 수업에서 이미 홍명희는 비상한 기억력과 뛰어난 문재(文才)를 드러내었다. 여덟 살 무렵 일찍 세상을 떠난 생모 이야기를 듣고 다섯 자 자모듬으로 "파리는 해마다 생겨나는데 우리 어머니는 왜 안 돌아오시나"(蒼蠅年年生 吾母何不歸)라는 시구를 지어 어른들을 놀라게 했다.[6]

후일 홍명희의 장남 기문은 자라면서 "너의 어른이야 참 비상한 재화(才華)시그려. 여남은 살 때 우공(禹貢)을 일곱 번 읽어서 곧 외웠으니까"라는 등 부친에 관한 칭찬을 자주 들었다고 한다. 난삽하기 짝이 없는 『서경』(書經) 「우공」편을 이내 암송했을 정도로 일찍부터 발휘되기 시작한 홍명희의 유명한 기억력은 일생 동안 주위 사람들을 경이케 했다. 식민지시기 문화계를 회고한 글에서 조용만은 "육당과 위당 정인보도 그의 기억력에 관한 한 탄복을 금치 못했다. 자기들은 책을 찾아보고서야 겨우 아는데 벽초는 그냥 슬슬 외워가더라는 것이다"라고 전하고 있다.[7]

또한 홍명희는 열한 살 무렵부터 중국의 고전소설들을 탐독하기 시작하였다. 한문으로 된 『삼국지』 한 질을 빌려다놓고 첫 권부터 두서너 권은 집안 어른과 같이 배우면서 보았고, 그 다음부터는 혼자서 보았다. 그 뒤로는 소설 읽기에 흥미를 붙였으나, 집에 소설책이 별로 없을뿐더러 어른들에게 들키면 꾸중을 듣게 되므로 그 시절에는 많이 읽지 못하였다. 그러다가 후일 상경하여 학교에 다닐 때 『수호지』, 『서유기』, 『금병매』(金甁梅) 등 많은 소설들을 읽었다.[8] 홍명희가 일찍부터 중국의 고전소설들을 탐독했던 사실은, 그의 역사 소설 『임꺽정』과 『수호지』 등 중국소설들 간의 영향관계를 이해하는 데 하나의 중요한 단서가 될 것이다.

홍명희는 열세 살 되던 1900년 참판 민영만(閔泳晩)의 딸 민순영과 혼인하였다. 여흥 민씨 삼방파(三房派)에 속하는 그의 처가는 명성황후 민씨의 일족으로서, 장인 민영만은 을 사조약 때 자결한 민영환, 호조판서와 내부대신을 지낸 민영 달과 6촌간이었다. 후일 민씨부인이 장남 기문에게 두고두 고 했다는 말에 의하면, 혼인 당시 "열세 살 먹은 어린 신랑 이 어떻게 점잖고 비범하였던지 외가집 상하(上下)가 깜짝 들 놀래었다"고 한다.[9]

서울에서 시집온 민씨부인은 홍명희보다 3년 연상인 1885년생이어서, 이들은 당시의 관습대로 부모의 뜻에 따라 명문대가 출신 간의 전형적인 조혼을 한 셈이다. 민씨부인 은 별로 미인도 아니고, 더욱이 다정하고 자상한 홍명희와 달리 쌀쌀맞은 성격이었지만, 염색이나 다듬이질 등 가사에 남달리 솜씨가 빼어났을뿐더러 매우 총명한 여성이었다고 한다. 결혼 후 그녀는 신학문을 공부한 남편으로부터 적지 않은 계몽을 받은 듯, 주변의 부인들에게 『삼국지』나 『나파 륜전』(拿破崙傳, 나폴레옹 전기)을 이야기해주기도 하고,

심지어는 그 시절에 "디오게네스도 알고 있을 정도였다"는 것이다.

홍명희는 후에 일본 유학을 하는 등 신학문과 신사상의 세례를 받았음에도 불구하고, 부모의 뜻에 따라 조혼한 민씨부인과 평생 의좋은 부부생활을 하였다. 후일 차남 기무(起武)는 자기 부친이 평생 외도를 모르는 사람이라며 "세상에 우리 어머니처럼 행복한 여자는 없다"고 말하곤 했다고 한다. 민씨부인도 유달리 남편을 경애했지만, 홍명희 역시 당시의 가부장들이 일반적으로 몹시 근엄했던 것과 달리 자제들이 보는 앞에서도 부인을 아끼는 태도를 숨기지 않았다.[10)]

장남 기문(호 대산[袋山], 1903~92)은 홍명희가 열여섯 살 되던 해에 태어났다. 이때 불과 33세로 조부가 된 홍범식은 아들 명희에게 준 하서(下書)에 『시경』(詩經)에서 따온 구절을 인용하여 "아직 사리를 모른다 하겠지만 너도 이제 자식을 본 몸이니라"(雖曰無知 亦旣抱子)라는 말로 훈계를 했다고 한다. 홍명희와 홍기문은 형제와 같은 부자로서, 후에 "부자간에 담배도 마주 피우고 술도 같이 먹는다는 것이 한 이야깃거리였다"고 전한다.[11)] 아우 성희와 마찬가지로 장남 기문 역시 후에 신간회 활동, 민주독립당 창당에 참여하는 등, 홍명희와 시종 정치적 운명을 함께하였다.

홍명희와 부인 민씨 사이에서는 그 후 차남 기무(본명 기은(起殷, 1910~79)와 삼남 기하(起夏, 1919년생)가 태어났는데, 기하는 부친이 3·1운동으로 인한 옥고를 치르고 나온 직후 가정적으로 가장 어렵던 시기에 돌이 갓 지난 나이로 사망하였다. 차남 기무는 장남 기문에 비해 사회적 활동이 두드러지지는 않았으나 난형난제(難兄難弟)라 해도 좋을 만큼 지적으로 뛰어나서, 홍명희는 "준재(俊才)인 두 아드님"을 두었다는 말을 들었다. 그 후 홍명희는 쌍둥이인 딸 수경(姝瓊)과 무경(茂瓊, 1921년생), 그리고 막내딸 계경(季瓊, 1926년생)을 두었다.[12]

이상에서 알 수 있듯이 출생 이후 19세기 말까지의 홍명희는 인산리 고가에서 수십 명의 대가족과 함께 생활하며 한학을 수학하는 동안, 조선시대 양반 사대부가의 전통적이고 귀족적인 생활문화에 철저히 젖어 있었던 것으로 보인다. 그 이후 다난하게 전개된 삶의 역정과 신교육의 영향으로 그는 사상적으로 출발점으로부터 현격하게 멀어진 지점까지 나아갔다. 그럼에도 불구하고 홍명희가 한국 근대 작가들 중 유례가 드물 만큼 최상층의 가문에서 태어나 전통적인 사대부가의 분위기 속에서 성장한 사실은, 그의 사상과 문학에 여러모로 커다란 영향을 끼쳤을 것이다.

서울과 도쿄에서 신교육을 받다

향리에서 한학을 수학하던 홍명희는 1901년 상경하여 이 듬해 중교의숙(中橋義塾)에 입학함으로써 처음으로 신학문을 접하게 되었다. 당시 조부 홍승목은 궁내부 특진관으로 재직중이었고, 부친 홍범식도 그 무렵 내부주사로 벼슬길에 들어서 서울 북촌의 자택에서 생활하고 있었다. 개명 관료였던 그들은 1894년 갑오개혁으로 과거제가 폐지되자 신학문을 익혀야만 시세(時勢)의 변화에 적응할 수 있다고 판단하고 홍명희로 하여금 신교육을 받게 한 것이다.

홍명희가 중교의숙에 다니며 신학문을 익히던 당시는 우리나라에서 처음으로 근대적인 학교교육이 시작된 시기였다. 갑오개혁 이후 1895년 반포된 소학교령에 따라 근대적인 학교의 설립이 활발해졌는데, 중교의숙은 군부대신을 지낸 수구파의 거물 민영기가 1899년에 세운 시무(時務)학교를 이듬해 전 이조판서 심상훈이 인수하면서 개명한 것이었다. 중교의숙에서 홍명희는 산술·물리·역사·법학 등 초보적인 수준의 근대 학문과 아울러 특히 일본어를 중점적으로 배운 듯하다. 그는 본래 두뇌가 비상하기도 했지만 학과 공부를 착실히 했던 듯, 중교의숙 시절 거의 내내 수석을 했다고 한다.[13]

18세 때인 1905년 봄 홍명희는 중교의숙을 졸업하고 귀향

했으나, 점차 지향 없는 시골생활이 답답하게 느껴졌다. 부친의 권유로 50여 권이나 되는 사전(四傳) 『춘추』(春秋)를 읽으며 다시 한문을 익히던 중, 우연히 일어 회화를 배울 기회가 생겼다. 때마침 양잠 기술을 전수하기 위해 그 고을에 와 있다가 귀국하려던 일본인 부부가 있어, 그들을 집으로 초빙하여 일어 회화를 배웠더니 몇 달 사이에 실력이 부쩍 향상되었다.

그러다가 급기야는 일본 유학을 결심하게 되었다. 애초에 홍명희는 학부(學部)에서 선발하여 보내는 관비 유학생이 되어 일본에 가려 했으나 집안에서 허락하지 않아 가지 못하고 있다가, 뒤늦게 부친이 양해하고 증조모와 조부의 허락을 받아주어 사비 유학을 떠나게 되었다.

그리하여 홍명희는 1906년 초 귀국길에 오른 그 일본인 부부와 동행하여 부산에서 윤선(輪船)을 타고 현해탄을 건너 오사카(大阪)를 거쳐 도쿄(東京)에 도착하였다. 당시 일본은 러일전쟁에 승리한 후 국제적인 지위가 현격히 격상되고 경제와 산업이 비약적으로 발전함으로써 천황제 국가가 비로소 내실을 갖추게 된 상황이었다. 한편 국민들 사이에서는 언론 자유와 의회제 등 민주주의적인 제도에 대한 요구가 높아지고 있었으며, 문화나 사상 면에서도 개인주의적·자유주의적 풍조가 널리 퍼져가고 있었다.

홍명희는 1906년 도요(東洋)상업학교 예과 2학년에 편입한 뒤, 다시 1907년 봄 다이세이(大成)중학교 3학년에 편입하여 1909년 말까지 그곳에서 수학하였다. 귀국 후 홍명희가 관계(官界)에 진출하기를 기대한 부친은 그에게 법학을 전공하라고 권유하였다. 뿐만 아니라 일본에서 홍명희가 만난 한국인들도 대부분 가급적 단축된 경로로 대학의 법학과나 정경과에 들어가라고 권유하였다. 그러나 그는 일본어를 철저하게 배우고 신학문을 기초부터 다지기 위해 중학교에 입학한 것이다.

그는 보결시험을 준비하던 도요상업학교 시절과 다이세이중학교에 편입한 직후의 첫 학기에는 공부를 매우 열심히 하였다. 그러나 그 후부터는 독서에 탐닉하여 결석이 잦고 학과공부는 등한히 했는데, 그럼에도 불구하고 시험 때 며칠 공부하면 석차가 항상 1, 2등일 정도로 성적이 좋았다. 그리하여 심지어는 홍명희가 다이세이중학교에서 수석을 차지하고 있는 '한인 수재'라는 사실이 일본 신문 『만조보』(萬朝報)에 보도된 적도 있었다. 당시 태인 군수로 재직 중이던 부친 홍범식은 일본인 순사가 보여준 『만조보』에 아들을 칭찬하는 기사가 실린 것을 보고 몹시 기뻐하였다. 오랜 세월이 지난 후 홍명희는 자신은 별로 대수롭지 않게 여기던 학업성적으로 인해 부친을 기쁘게 해드린 이 일화를 소개하면서,

"이것은 나의 종생 잊히지 아니할 자랑의 하나이다"라고 하여, 부친을 추모하는 심정을 드러내었다.[14]

다이세이중학교에 다니던 홍명희는 이처럼 성적은 좋았으되 실상은 학교공부를 게을리 한 대신, 광범한 독서, 특히 문학서적 탐독에 빠져들었다. 3학년 2학기말 휴가 때 우연히 고서점에 들어가서 책을 사기 시작한 이후, 그는 놀라운 열정으로 독서에 탐닉하였다. 하루나 이틀에 책 한 권씩을 독파할 정도로 독서에 몰입하니, 책을 읽느라 밤을 지새우기 일쑤였다.

이와 같은 광적인 독서열은 그 이후 평생 동안 계속되어, 홍명희는 조선 지식인들 사이에서 제일의 독서가로 손꼽힐 정도였다. 그가 후일 최남선이 발간한 『소년』지를 비롯하여 몇몇 잡지에 간혹 서양문학 작품의 번역문을 실은 것이나, 1926년 간행된 『학창산화』(學窓散話)에서 문학·역사·철학·사회과학·자연과학 등 다방면에 걸쳐 동서고금의 이색적인 지식들을 소개할 수 있었던 것은, 유학시절부터 시작된 이러한 폭넓은 독서에 힘입은 것이었다.

홍명희는 다양한 분야의 서적들을 두루 탐독했으나, 독서의 중심은 단연 문학서적들이었다. 그가 일본에 유학하던 1900년대 후반기는 메이지(明治)시대 말기로서, 일본문학사상 근대문학의 확립기요 자연주의의 전성기로 일컬어진다.

또한 이 시기는 러일전쟁을 전후하여 급속하게 러시아에 대한 관심이 높아지면서, 러시아문학이 활발하게 번역·소개되던 시기였다. 그리고 사상면에서는 자본주의 발달에 따른 사회 모순의 심화로 말미암아 사회주의에 대한 관심이 일기 시작하던 시기였다. 홍명희는 독서를 통해 이러한 일본 문단과 사상계의 최신 조류를 민감하게 받아들였다.

그는 러시아문학에 심취한 나머지 당시 활발하게 번역되고 있던 러시아문학 작품들을 거의 빠짐없이 수집·탐독하였다. 후일 홍명희는 "침통하고 사색적인" 러시아문학이 자신의 기질에 맞다고 말한 바 있거니와, 당시 그가 러시아문학에 탐닉한 것은 그 속에 함축되어 있는 사회현실에 대한 깊은 관심과 진지한 인생 탐구의 정신, 그리고 거기 흔히 등장하는 인생에 패배한 허무주의적 인간상에 끌렸기 때문이었을 것이다. 또한 그는 영국의 낭만주의 시인 바이런(G. G. Byron)의 작품들도 애독하였다. 이때 홍명희는 바이런에 심취한 나머지, 바이런의 작품 「카인」에서 따와 자신의 호를 가인(假人)이라고 짓기까지 하였다.

당시의 일본 작가들 중 그가 가장 큰 관심을 갖고 있던 작가는 메이지 문단의 독보적인 존재로 평가되던 소설가 나쓰메 소세키(夏目漱石)였다. 그와 아울러 시마자키 도손(島崎藤村), 다야마 가타이(田山花袋), 도쿠토미 로카(德富蘆花),

마야마 세이카(眞山靑果), 마사무네 하쿠초(正宗白鳥) 등 주로 일본 자연주의 작가들의 작품을 즐겨 읽었다. 당시 일본에서 자연주의 소설은 풍기를 문란케 한다는 이유로 발매금지되는 경우가 흔했는데, 그로 인해 발매금지된 책들에 유별난 애착과 호기심을 갖게 된 그는 급진적인 사상서에도 자연스럽게 접하게 되어, 그 시기에 이미 러시아 무정부주의자 크로포트킨(P. A. Kropotkin)의 『빵의 약탈』까지 읽었다고 한다.[15]

이 시기의 홍명희는 고향에서 전통적인 신분제도와 가부장제의 압력에 눌려 지내다가 단신으로 도일하여 유학생활을 하는 동안 태어나서 처음으로 한껏 자유로운 생활을 누리게 된 위에, 독서를 통해 서구와 일본의 자유주의적인 문화를 맛보면서 내면적으로나마 철저하게 전통을 부정하는 과정을 거치게 된 것으로 보인다. 따라서 그는 바이런과 일본 자연주의 작가들의 작품이 지닌 이른바 '악마주의적' 성향과 그 반항정신에 공감하는 한편으로, 나쓰메 소세키가 제기한 개인주의의 문제에 크게 공감하게 되었던 것 같다. 또한 당시 홍명희가 본격적으로 접하기 시작한 서양 근대문학과 일본 자연주의문학은 그의 역사소설 『임꺽정』이 동양문학의 전통을 계승하면서도 근대적인 리얼리즘소설로서 탁월한 성과에 이르게 되는 데 결정적인 영향을 미친 것이라 생각된다.

홍명희의 도쿄 유학시절에서 또 한 가지 주목해야 할 것은 그의 교우관계이다. 그 시기에 그는 후일 우리나라 문학사와 사상사에 뚜렷한 자취를 남긴 인물들과 만나 깊은 우정을 나누었다.

도쿄에 도착한 직후 그는 처음 들게 된 홍고우구(本鄉區)의 옥진관(玉津館)이라는 하숙집에서 제일 먼저 호암 문일평을 만났다. 후일 저명한 민족사학자가 된 문일평은 1905년 봄 도일하여 진학 준비를 한 후 1907년 가을 중학과정인 메이지학원 보통부에 편입하였다. 그는 홍명희와 동갑이요, 학교는 다르지만 같은 학년으로 학창생활을 하게 된데다가, 한학의 기초 위에서 신학문을 공부하는 지사형의 청년이었으므로, 홍명희와 여러 면에서 의기투합했던 듯하다.[16]

이 시기 홍명희의 교우관계 중 가장 흥미로운 것은 후에 그보다 먼저 작가적 명성을 떨치게 된 춘원 이광수와의 관계이다. 홍명희보다 네 살 아래였던 이광수는 11세 때 고아가 된 후, 우여곡절 끝에 일진회(一進會) 유학생으로 선발되어 1905년 도쿄에 도착하였다. 1906년 3월 다이세이중학교에 입학했으나 학비 중단으로 중도에서 귀국한 뒤, 이듬해 재차 도일, 메이지학원 보통부 3학년에 편입하였다.[17] 홍명희와 이광수는 나이도 차이나고 더욱이 출신계층과 성장과정이 현격히 달랐지만, 이국에서 만난 동포 유학생이자 문학적 열정을 같이하는 젊은이로서 이내 서로에게 이끌렸던 듯하다.

홍명희군을 만난 것이 기사년(己巳年, 乙巳年의 오류 - 인용자)경이라고 기억되는데 군이 19세 내가 15세 때인가 합니다. 그 후 4년간 군과의 교유는 끊긴 일이 없는데 그는 문학적 식견에 있어서(나) 독서에 있어서나 나보다 늘 일보를 앞섰다고 생각합니다. 바이런이나 하목수석(夏目漱石)이나 또는 체홉, 아르체이바셰프 등 러시아 작가의 작품에 내가 접하기는 홍군의 인도에서입니다. 홍군은 예나 이제나 누구에게 무엇을 권하거나 지로(指路)하는 태도를 취하는 일이 없거니와 홍군이 말없이 책을 빌려주는 것으로 나의 지도자가 되었다고 생각합니다. (……)

홍명희군은 비록 나와 같은 학년의 중학생이지마는 나이도 나보다 4년이나 위일 뿐더러 한학의 소양이 있는데다가 재조가 출중한 이라 문학서를 탐독함이 심히 많았고, 또 그때에 아직 가세도 그리 빈한치는 아니하였던지 사고 싶은 책을 살 자유가 있었던 듯하였습니다. 그런데 홍군이 나를 사랑하는 품이 자기가 산 책은 반드시 나에게 주어서 읽게 하였습니다. 바이런의 「카인」, 「해적」, 「마제바」, 「돈주안」 등은 우리 두사람의 정신을 뒤흔들어놓은 듯합니다.

홍군은 나와 문학적 성미(性味)가 다른 것을 그때에도 나는 의식하였습니다. 홍군이 좋아하고 추장(推奬)하는 영정하풍(永井荷風)의 『프랑스물어(物語)』『아메리카물어』(亞米利加物語) 같은 것은 내 비위에 맞지 아니하였고 도리어 톨스토이 작품 같이 이상주의적인 것이 마음에 맞았습니다. 홍군은 당시 성(盛)히 발매금지를 당하던 자연주의 작품을 책사를 두루 찾아서 비싼 값으로 사 가지고 와서는 나를 보고 자랑하였습니다. 그때에 동경에서는 일로전쟁 직후로 자연주의가 성행하고 악마주의적 사조가 만연하던 때인데 이것은 문학에서뿐 아니라 청년들의 실천에서까지 침윤되었습니다.[18]

이와 같은 이광수의 고백에서 드러나듯이 두 사람은 대등한 우정을 나누었다기보다는, 홍명희가 당시의 이광수로서는 따라가기 어려운 높은 수준에서 그를 정신적으로 지도하는 관계였던 것 같다. 또한 윗글에서 이광수가 이 시기에 이미 두 사람의 문학적 취향이 서로 달랐다고 한 것은, 나중에 이들이 각기 특색 있는 역사소설의 경지를 개척해나간 사실을 이해하는 데 시사하는 바가 크다 하겠다. 후에 이원조는 작가로서 홍명희와 이광수를 각각 우리 문단의 대표적인 사실주의자와 이상주의자로 규정했거니와,[19] 이러한 두 작가의 문학상의 본질적인 차이가 흥미롭게도 학창시절의 독서 취향에서부터 이미 드러났던 것이다.

도쿄 유학시절 홍명희가 교분을 맺었던 또 한 사람의 중요한 인물은 육당 최남선이다. 부유한 중인 집안의 차남으로 태어난 최남선은 1904년 황실특파유학생의 일원으로 도일했으나 곧이어 중도 귀국했다가, 1906년 봄 재차 도일하여 와세다(早稻田)대학 고등사범부 역사지리과에 입학하였다. 그러나 같은 해 모의국회사건으로 또 다시 학교를 중퇴하고 연말에 귀국하여 1907년 서울에서 인쇄소 겸 출판사인 신문관(新文館)을 창설하고, 이듬해 11월에『소년』지를 창간·발행하였다. 그 후 1909년 말경 세 번째로 도일했다가, 1910년 2월 귀국한 바 있다.[20]

홍명희가 그를 처음 만난 것은 최남선이 두 번째로 도쿄 유학을 하게 된 1906년이었던 것으로 보인다. 최남선의 시조집인『백팔번뇌』(百八煩惱) 발문에서 홍명희는 자신과 최남선 간의 교우에 대해 다음과 같이 밝히고 있다.

육당과 나는 20년 전부터 서로 사귄 친구다. 성격과 재질에는 차이가 없지 아니하지마는, 사상이 서로 통하고 취미가 서로 합하여 가로에 어깨 겯고 거닐며 세태를 같이 탄식도 하고 서실에 배를 깔고 엎드려 서적을 같이 평론도

하였었다. 내가 남의 집에 가서 자기 시작한 것이 육당의 집에서 잔 것이며, 육당이 북촌 길에 발 들여놓기 시작한 것이 내 집에 온 것이었었다. 이와 같이 교분이 깊던 우리 두 사람이 세변(世變)을 겪은 뒤에 서로 흩어져서 오랫동안 서로 만나지 못하였고 서로 만나지 못하는 동안에 두 사람 사이에 있던 차이는 두드러지게 드러났다. 그러나 통하던 것이 막히지는 아니하였고 합하던 것이 떨어지지는 아니하였다. 지금이라도 육당의 일을 말하여 그 장단득실을 바르게 판단함에는 근년 육당의 주위에 모였다 헤졌다 하는 사람들보다 내가 나으리라고 자신하니, 이것은 다름이 아니라 우리 두 사람이 집안에서 곱게 자란 채로 적어도 깊이 세상에 물들기 전에 사귄 까닭이다.[21]

홍명희와 최남선은 양반계급과 중인계급 출신이라는 신분상의 차이가 있음에도 불구하고, 두 사람 다 일찍이 고국에서 한학을 수학하고 신학문에 접했다든가, 양가의 가문이 계층은 달랐다 하더라도 각기 나름대로 시세에 민감하여 개명한 분위기에서 성장했다는 등의 공통점이 있었다. 그렇기에 처음 만났을 때부터 두 사람은 서로 사상과 취미가 일치됨을 느꼈던 것이다.

한편 이광수의 일기에 의하면 1909년 그가 최남선을 알게 된 것은 홍명희의 소개에 의해서였다고 한다.

융희(隆熙) 3년 11월 28일 (일요)

귀도(歸途)에 홍명희군을 방(訪)하다. 그는 여(余)와 취미를 동(同)히 하다. 그는 여를 호(好)하다. 잡담 다시(多時). 최남선군의 문(文)과 시를 보다. 확실히 그는 천재다. 현대 우리 문단에 제일지(第一指)될 만하다. 최씨가 나를 만나기를 원한다고. 화요일에 만나기로 하다. (……)

11월 30일 (화요)

밤에 억지로 한형을 끌고 우입(牛込, 도쿄의 구 이름—인용자)에 홍명희군을 찾다. 최남선군도 여보다 수분(數分) 시(時)를 지(遲)하여 래(來)하다. 여는 그를 온순한 용모를 가진 자로 상상하였더니, 오(誤)하였도다. 그는 안색이 흑(黑)하고, 육(肉)이 풍(豊)하고, 안(眼)이 세(細)하여 일견하면 둔한 듯하고 일종 오만의 색이 상(常)히 그의 구(口)에 부동(浮動)하다.[22]

그날 처음으로 자리를 같이 한 이들 세 사람은 문학에 대한 열정을 토로하면서 조선의 신문학 건설에 관한 구상을 함께하였다. 『백팔번뇌』 발문에서 이광수는 "지금으로 15, 6년

전부터 육당과 지금 벽초인 그때 가인(假人)과 나와 삼인집 (三人集)을 하나 내어 보자고 여러 번 이야기가 되었었다"고 증언하고 있다.[23] 이러한 도쿄 유학시절의 만남을 계기로 최 남선이 발간하던 『소년』지에 이광수는 본격적인 필자로 등 장하여 이른바 2인 문단시대를 열게 되며, 홍명희는 그처럼 활발하지는 않았지만 『소년』지에 몇 편의 번역문을 실어 이 들과 함께 문단활동을 한 셈이다. 홍명희 · 최남선 · 이광수 세 인물에 '조선 삼재'라는 칭호가 따라다니게 된 것도 그 무 렵부터였다.

일본 유학시절 홍명희는 재일 조선인 유학생 단체인 대한 흥학회에서 활동하면서 그 기관지 『대한흥학보』(大韓興學 報)에 몇 편의 글을 기고하였다. 이는 홍명희의 최초의 사회 활동이자 문필활동으로서 주목된다.

대한흥학회는 1905년 이후 재일 조선인 유학생들 사이에 경쟁적으로 조직되어 분열 · 대립하고 있던 태극학회 · 대한 학회 · 공수회(共修會) · 연학회(研學會) 등 4개 학회가 통합 하여 1909년 1월에 발족한 단체였다. 이 학회는 일본 유학생 들의 친목단체이기는 했지만, 회칙 제2조에서 "본회는 돈의 연학(敦誼研學)과 국민의 지덕계발(智德啓發)을 목적함"이 라 규정했듯이, 계몽적인 내용의 학회지를 발간하고 이를 유 학생들뿐 아니라 고국의 지식인 독자들에게까지 널리 보급

함으로써 애국계몽운동에 일익을 담당하고자 하였다.[24]

홍명희가 대한흥학회에 참여한 것은, 이 학회가 일제의 국권 침탈을 목전에 둔 시점에서 애국계몽운동의 일환으로서의 의의를 지닌데다가, 종래 분열되어 있던 유학생 단체들을 통합한 조직이었기 때문이다. 그는 학회 창립 시 편찬부의 일원으로 선임되어, 1909년 3월 창간호부터 10월호까지 월간 『대한흥학보』의 편찬에 관여하면서 적극적으로 기고하였다. 『대한흥학보』에 실린 글들 중 홍명희의 글로 확인되는 것은 논설문 「일괴열혈」(一塊熱血, 제1호), 한시 「우제」(偶題, 제2호), 애도문인 「조배공문」(弔裵公文, 제4호), 그리고 물리학과 역사지리학적 지식을 소개한 「원자 분자설」(제4호), 「동서 고적(古蹟)의 일반(一班)」(제5호), 「지역상 소역」(地歷上 小譯, 제6호) 등 모두 6편이다.

그 가운데 가장 주목되는 것은 논설문 「일괴열혈」로서, 이는 홍명희의 이름으로 발표된 최초의 글일 뿐 아니라 도쿄 유학시절 그의 현실인식을 잘 보여준다는 점에서 매우 중요한 글이다. 「일괴열혈」에서 그는 당시 우리 민족이 외세의 침략을 앞두고도 민지(民智)가 발달하지 못해 지극히 위태로운 지경에 있음을 설파하고, 그 원인은 역사적으로 당쟁에 있으며, 그 잔재인 '지방열'(地方熱)을 타파하고 대동단결하는 것만이 민족적 위기를 극복하는 길임을 역설하고 있다.

단합할지어다, 우리 동포여, 단합할지어다. 애국으로 공동 목적을 삼고 서로 배제하지 말고 서로 부조(扶助)할지어다. 금일에도 시기가 이미 늦었으니 맹렬히 반성하여 청사(靑史)를 더럽게 하지 말지어다. 우리의 자손들로 하여금 형극(荊棘)의 동타(銅駝)를 가리키면서 비통케 하지 말지어다.[25]

이로써 보면 당시 그는 우리 민족이 처한 상황을 정확히 통찰하고 있었을 뿐 아니라, 민족 내부의 분열을 무엇보다도 심각한 문제로 인식하고 있었음을 알 수 있다.

이처럼 민족 분열을 단호히 거부하고 거족적 단결을 통해 민족의 위기를 극복해야 한다는 사상은 1920년대 신간회운동과 해방 후 통일정부수립운동에 이르기까지 홍명희에게 일관되게 나타난다. 20세기의 벽두에 그가 민족의 위기를 초래한 내부의 근본 원인으로 들었던 '지방열'은 한 세기가 지난 오늘날까지 해소되기는커녕 양상을 달리하면서 더욱 고질화되어 있는 형편이다. 그 점에서 「일괴열혈」은 조선인 유학생들의 대동단결을 지향한 대한흥학회의 설립 취지를 호소력 있게 밝힌 문건일 뿐 아니라, 오늘날까지도 시의성을 잃지 않은 음미할 만한 논설이라 하겠다.

칠언 율시(七言律詩) 「우제」는 일본 유학시절 홍명희의 심경의 일단을 엿볼 수 있게 해주는 시이다. 이 시의 소서(小序)에서 그는 자신이 예전에 읊은 한시 몇 편이 낡은 책상자에서 나왔기에 그 가운데 한 편을 게재한다고 밝히고 있다. 즉 이 시는 홍명희가 1909년에 지은 것이 아니라, 유학시절 초기에 지은 것이다.

스무살에 일본 유학 이미 조금 늦었으니
객지 생활에 계절의 바뀜만 각별히 느껴지네
나라 걱정 날로 깊어 마음은 쉬이 늙고
집을 떠나 길이 머니 꿈에서도 찾기 어렵네
탁자에 향 피우고 차를 달여 마신 뒤요
집집마다 봄비 맞아 꽃들을 키울 때라
어느 해나 남아의 뜻 이룰 수가 있을까
고개 돌려 하늘 향해 묻고 싶어 지는구나

二十東遊已較遲

客中偏感管灰移

憂國日深心易老

離家路遠夢難知

一榻香烟煮茶後

萬家春雨養花時

何年可償男兒志

回顧蒼天欲問之

• 「우제」[26] 전문

이 시에서 홍명희는 남들보다 뒤늦게 일본에 유학한 자신의 처지를 돌아보면서, "나라 걱정 날로 깊어 마음은 쉬이 늙고"라고 하여, 조국의 장래에 대한 근심으로 인해 청년다운 활기를 잃어가고 있음을 한탄한다. 이는 그가 도쿄 유학 시절부터 애송했다는 폴란드 시인 안드레이 니에모예프스키의 산문시 「사랑」에서 시인이 조국에 대한 사랑 때문에 겉늙어버린 자신을 슬퍼하는 대목을 연상케 한다. 이어서 "어느 해나 남아의 뜻 이룰 수가 있을까" 운운한 구절을 보면, 유학 당시 홍명희는 조국의 장래와 관련된 큰 뜻을 품고 있었음을 짐작할 수 있다.

난생 처음으로 가족과 고국의 품을 떠나 일본에서 유학생활을 하던 홍명희는 점차로 학업에 열의를 잃고 사상적인 번민에 빠져들어, 마침내는 다이세이중학교 졸업을 목전에 둔 시점에서 학업을 중단한 뒤 1910년 2월 귀국하고 만다. 그가 일본에 도착하자마자 받게 된 민족적 차별은 조선 명문 사대부가 출신의 수재로서 상당한 자긍심을 갖고 있었을 홍명희에게 깊은 상처를 주었던 것 같다. 양잠 기술 전수차 조선에 왔다가 그의 일어 교사가 되었던 일본인 부부가 함께 현해탄을 건너 일본땅에 들어선 뒤로는 그를 대하는 태도가 달라졌을뿐더러, 만나는 사람에게마다 조선인에 대한 험담을 늘어놓아 기분을 상하게 하였다.

또한 홍명희는 다이세이중학교 재학 당시에도 성적이 출중하여 일본 학생들의 질투를 받게 된데다가, 일인 교사들이 은연중에 한국을 경멸하는 말을 하는 데에 민족적 모욕감을 예민하게 느끼게 되었다. 어떤 교사는 수업시간에 학생들에게 열심히 공부하도록 자극을 준다는 것이, "너희들이 저 한국인만 못하다는 것은 일본 남자의 수치다"라고 하여 그에 대한 증오심을 격동시키기도 했고, 어떤 교사는 한국을 경멸하는 어조로 "홍명희는 한국의 총리대신감"이라고 하여 동급생들 중에는 그를 모욕하려는 뜻에서 '총리'라고 별명 지어 부르는 학생까지 있었다. 그 때문인지 홍명희는 후일 한 잡지의 설문에 대한 답에서 자신의 도쿄 유학시절에 대해, "우리 사람 심정의 증오가 필요한 것임은 이때부터 잘 알게 되었습니다"라고 술회하였다.[27]

이와 같이 홍명희가 남달리 상처받기 쉬운 드높은 민족적 자긍심을 지니고 유학생활을 하던 시기에 조선은 일본의 반식민지 상태로부터 본격적인 식민지 상태로 접어들고 있었다. 시시각각으로 악화되고 있던 고국의 정치적 상황이 당시의 일본 유학생들에게도 커다란 영향을 미쳤거니와, 그로 인한 민족적 울분은 부친과 조부가 현직 고관으로 있던 홍명희의 경우에는 더한층 컸으리라 짐작된다. 이광수의 회고에 의하면, 그러한 분위기에서 홍명희는 "그까진 졸업은 해서 무얼 해?"라고 하며 졸업시험도 치르지 않고 귀국하고 말았다고 한다.[28] 바야흐로 나라가 망하게 된 판에 기초부터 차근차근 근대학문을 공부한다든가 작가가 되어 신문학을 건설한다든가 하는 것이 모두 부질없는 것으로 느껴지면서, 무언가 더욱 근본적인 방향전환이 필요하다는 절박한 심정에 내몰린 끝에 홍명희는 학업을 돌연 중단한 채 귀국하고 만 것이다.

『소년』지의 신문학운동에 동참하다

대한제국의 운명이 풍전등화와 같은 상태에 놓인 1910년 2월, 홍명희는 학업을 포기하고 귀국하였다. 5학년 2학기 말에 학교를 그만둘 결심을 하고, 마지막 학기인 3학기와 졸업시험을 마치지 않은 채 귀국해버린 것이다. 그러나 평소 성적이 뛰어났으므로, 다이세이중학교에서는 예외적으로 졸업을 인정하고 그에게 졸업장을 보내주었다.[29]

귀국 후 홍명희는 주로 향리 괴산에 있으면서 자주 서울을 왕래하였다. 당시 그는 러시아에 유학해서 러시아문학을 본격적으로 공부해볼까 하여 러시아어 공부에 열중하고 있었다. 도쿄 유학시절부터 러시아문학에 심취한 그는 블라디보스토크에 있는 원동신문사(遠東新聞社) 특파원을 알게 된 것을 계기로, 그의 도움을 받아 러시아에 가려고 계획하고 있었다.[30]

이 무렵에 홍명희는 최남선의 권유로 몇 편의 번역문을 『소년』지에 게재하였다. 『소년』지는 1908년 11월 최남선이 창간한 월간지로서, 신문학 초창기에 커다란 문학사적 공적을 남긴 잡지이다. 처음 몇호는 최남선 혼자서 집필·편집·발행을 거의 도맡다시피하여 펴냈다. 그러다가 최남선이 1909년 말 잠시 일본에 갔을 때 홍명희로부터 이광수를 소개받은 뒤, 이듬해 2월호부터는 홍명희와 이광수가 필자로 가담하게 되었다. 『소년』지에 실린 작품들 중 '가인'이라는 필명으로 발표되어 홍명희의 작품임을 분명히 알 수 있는 것은 「쿠루이로프 비유담」(제14호), 「서적에 대하야 고인이 찬미한 말」(제15호), 「사랑」(제20호) 등 세 편의 번역문이다. 그러나 후일 최남선의 회고담을 보면, 『소년』지에 게재된 글들 중에는 필명이 밝혀지지 않은 홍명희의 글들이 그밖에 더 있을 가능성도 있다.

『소년』 제14호에 실린 「쿠루이로프 비유담」은 러시아 시인 이반 크릴로프(Ivan A. Krylov)의 유명한 우화시들에서 세 편을 골라 「와(蛙)와 우(牛)」, 「승(蠅)과 봉(蜂)」, 「낭

(狼)과 묘(猫)」라는 소제목으로 소개한 것이다. 이는 개구리가 소를 부러워하여 그처럼 커지고자 힘을 주다가 배가 터져 죽은 이야기, 게으른 파리가 부지런한 벌을 보고 쫓겨다니는 제 신세가 더 낫다고 우겨대는 이야기, 마을로 숨으러 들어온 이리가 고양이에게 숨을 곳을 묻는 과정에서 온 동네사람들에게 피해를 입힌 그의 작태가 폭로되는 이야기로서, 도덕적 교훈을 담은 소박한 우화이다.[31] 그런데 「낭과 묘」에서 동네사람들을 "태 서방", "최 풍헌", "송 산림"(宋山林) 등으로 일컫고 있는 것으로 보아, 번역이라기보다 번안에 가까운 작품이라 판단된다.

『소년』 제15호에 실린 「서적에 대하야 고인이 찬미한 말」은 독서에 관해 동서고금의 여러 작가와 위인들이 남긴 격언들을 소개한 글이다. 말미에서 홍명희는 "두어 말씀 여러분께 말씀하여 두올 것이 있으니 첫째는 본인이 서양 서책에서 번역한 것이 아니라 일본 평내(坪內)박사의 저서(『文學その折折』)에서 중역(重譯)하온 것이라는 말씀이외다. 이 다음에도 혹시 서양 것은 본인이 본지에 내거든 여러분은 서슴지 말고 중역으로 인정하여 주시기를 바라나이다"라고 하여, 중역이라는 사실과 아울러 그 출처를 정확히 밝히고 있다. 그리고 격언을 남긴 인물 중 특히 셰익스피어와 밀튼에 관해서는 그 생애와 대표작을 소개하는 간단한 주석을 달았는데,

"이처럼 개화기에 주까지 붙여서 작가를 해설했다는 것은 처음 보는 예"라 할 수 있다.[32]

홍명희가 『소년』지에 발표한 글들 중 문학사에 특기할 만큼 중요한 작품은, 안드레이 니에모예프스키의 산문시를 번역한 「사랑」이다. 이는 비록 번역시이기는 하나 당시 홍명희의 심경을 엿볼 수 있게 해줄 뿐 아니라, 신문학 초기의 우리말 문체로서는 놀라우리만큼 유려한 예술적 표현을 성취하고 있다. 홍명희는 서두에서 이 시의 번역이 후타바테이 시메이(二葉亭四迷, 본명 하세가와 다쓰노스케[長谷川辰之助])의 일역본에 의거했음을 밝히면서, "나는 이것을 애독한 지 수년이 되었으나 지금도 읽으면 심장이 잦은 마치질하듯 뛰노는 것은 더하면 더하지 덜하지는 아니하니 무슨 일인지?"라고 고백하고 있다.

이 작품은 약 두 페이지 가량 되는 비교적 긴 산문시이므로 연(聯) 구분이 전혀 없다. 그러면서도 중년의 사나이로 설정된 작중화자가 유년시절부터 소년시절과 청년시절을 거쳐 장년에 이른 현재까지 자신의 지나간 과거를 회고조로 노래하고 있어, 시상(詩想)의 전개가 정연하며 통일된 시적 분위기를 견지하고 있다. 그 전문을 인용해보면 다음과 같다.[33]

깊이 고요한 언제든지 잊지 못할 저른(짧은-인용자)

노래같이 어린 때는 지나갔네. 지금 와서 그 곡조를 잡으려하여도 잡을 길이 바이(전혀—인용자) 없네. 다만 근심 많은 이 생애 한 모룽이(모퉁이—인용자)에서 때때로 그 곡조가 그쳤다 났다 할 뿐일세. 이것을 듣고 정에 못 이겨 소리지르기를 몇번 하였느뇨? 어린 때야말로 나와 행복이 한 몸이 되었었네, 내가 몸이면 행복은 그 몸 살리는 혼백이었에라.

그 어린 때가 지나가서 이내 몸을 비추이던 봄날 빛이 사라지고 이내 속에 감추었던 행복은 빼앗겼네. 다른 사람 사이에서 다른 사람으로 자라나는 이내 몸은 여기저기 있는 소년들이 생기가 팔팔 나서 자유천지에 희희낙락히 지내는 것을 보더라도 낯에 나타내는 것은 다만 경멸 두 자, "나는 저놈들과 달라" 아아, 이러한 말로 제가 저를 위로하였네.

얼른 하여 청년 되어 사람들이 낫살(나이—인용자) 먹어 겨우 알 만한 일을 거지반 다 알았으나, 배 주리고 헐벗는 일, 한푼 없이 가난한 일, 창자를 끊는 듯한 고생, 몸을 버려 의(義)를 이룰 마음, 또 창피한 곤욕을 참는 불쌍한 일들——다 알지 않으면 좋을 일 뿐이었네. 청춘의 피는 마귀같다. 이 세상의 고락이 나뉘는 자취를 보고 부질없이 마음을 요동하기도 하였으나, 나는 한 소리에 이 약한 마

44

음을 물리치고 한 줄 곧은 길로 나서서 동지 여러 사람과 같이 즐겨 세상의 웃음 바탕이 되었네.

좀도적놈처럼 발자취 소리 없이 몰래 와서 사람에게 달려드는 것은 나이라는 것이라, 어느 틈에 나도 중년이 되었네. 중년의 노성(老成)한 마음이 되어서는 제가 제 지식이 천박하던 일을 웃고 내가 내 낯에 침을 뱉어 이 몸을 백 가지 천가지나 되는 의무란 멍에에다 매어버렸네. 이렇게 되어서는 무슨 일이든지 결정되어 의심할 여지가 없어지고 그 대신 앞길에 희망 없고 닳고닳은 이내 마음 냉담할 때 한껏 냉담치도 못하고 열중할 때 한껏 열중치도 못하네. 기억은 찬 재 되고 과거를 생각하는 마음조차 없어지고 다만 당장 천근 같은 짐을 두 어깨에 짊어져서 뼈가 휘려 할 뿐이나, 무엇인지 귀에 와서 지껄이는 말이 "너는 장정이다, 참아라" 하는구나. 아아 이것이 나를 장려하는 소리냐? 나를 조소하는 소리냐?

잠 아니 오는 하룻밤을 꼭 새우고 오늘 식전에는 신기가 좋지 못하구나. 거울 보고 머리에 빗질하니 빗살에 감긴 흰 털—아아, 벌써 백발이 나, 아직, 한창때에—지금부터 이래서는 늙고 보면 어찌 될까? 누구 위하여 이러한 고생? 조급한 마음에 몸을 조조(燥燥)히 굴며 얻은 것이 이 젊은 몸에 이 흰 털이로구나. 왜 왜 이리도 바삐 노인이 되려느냐?

눈을 들어 동산 보고 들을 바라보면 아아, 다, 그러나, 이것 때문이라고, 나는 이것이 사랑스러워 못 견디겠네. 그리하고 본즉 오래오래 잊어버린 것 같이 되었던 옛날 곡조—생각나고 잊지 못할 춘풍 같은 행복이 가득히 찬 곡조가 가늘게 마음속에 들리는구나.

이 소리야말로 가버린 몇십 년 전 어린 때의 도로 울리는 소리로구나.

그러나 어린 때에는 이같이 국토를 사랑치 아니하였네. 무슨 연고(緣故)?

지금 사랑스러운 것은 어렸을 적 그것과는 다르다. 지금 것은 행복 소리가 아니다. 말아도 마지 못할 운명으로, 마음이 화석같이 되지 아니한 사람이면 누구든지 지르지 않고 못 배겨 지르는 소리라, 만일에 사랑스럽다는 이 소리가 곧 사형선고가 되어 머리가 몸에서 내려져서 혼백이 영(永)히 떠나간대도 누가 이 소리를 아니 지르랴?

•「사랑」 전문

비록 일본어를 통한 중역이기는 하지만, 이 시는 한 편의 번역문학작품으로 볼 때 탁월한 언어감각으로 우리말 구어체의 맛을 잘 살리고 있다. 홍명희의 번역을 그가 참조한 후

타바테이 시메이의 일역본과 대조해보면, 그대로 축자역(逐字譯)을 한 것이 아니라 우리말의 감각을 십분 살리는 방향으로 의역한 것임을 알 수 있다. 그 결과 홍명희의 번역시는 전통적인 정형율의 구속에서 벗어나 있으면서도 그 나름의 내재율을 성취하고 있는 점에서 대단히 뛰어난 작품이 되었다.

이는 「사랑」을 비슷한 시기에 『소년』지에 실린 최남선의 번역시나 창작시와 비교해도 확연히 드러난다. 바이런의 시를 번역한 「해적가」라든가 창작시 「태백산가」, 「태백산부(賦)」 등을 보면 알 수 있듯이, 우리나라 신시의 개척자로 알려진 최남선의 시들은 대부분 전통 시가의 상투적인 리듬을 여전히 답습하고 있으며, 생경한 한자 관념어가 뒤섞인 국한문체로 되어 있다.

그에 비할 때 홍명희의 번역시 「사랑」은 그 서두부터 지극히 유연하고 세련된 언어 구사를 보여준다. 특히 "저른 노래", "바이 없네"와 같이 절묘한 우리말 구어체라든가, "내가 몸이면 행복은 그 몸 살리는 혼백이었에라"와 같은 구절들은, 1920년대 이후에야 본격적으로 발달하기 시작한 우리나라 자유시가 도달한 시적 표현의 경지를 선취(先取)하고 있다고 해도 과언이 아니다.

그런데 이 시에서 더욱 주목되는 것은, 홍명희를 그토록 감동시켰다는 그 내용이다. "나는 이것을 애독한 지 수년이 되었으나"라고 한 것으로 보아, 홍명희가 이 시를 처음 읽은 것은 도쿄 유학시절로 짐작된다. 따라서 이 시를 통해 도쿄 유학시절부터 1910년에 이르는 시기의 홍명희의 심경을 엿볼 수 있다. 바로 이 시기에 그는 시 속의 화자와 마찬가지로 소년시절부터 청년시절을 거쳐 장년에 도달하는 삶의 역정을 잇달아 거쳤던 것이다.

이 시를 번역하던 시기에 홍명희는 스물세 살로, 여덟 살이나 된 아들을 두고 있어 당시의 관념으로는 당연히 장년에 속하였으며, 심적으로 조로해 있었다. 그런데 이 시의 후반에 이르면 작중화자인 중년의 사나이로 하여금 고통 속에서 곁늙도록 만든 것은 다름 아닌 조국의 운명에 대한 근심임이 드러난다. 그리고 조국에 대한 사랑을 "말아도 마지 못할 운명"으로 받아들이면서, 고국 산하를 향해 외치는 "사랑스럽다는 이 소리가 곧 사형선고가 되어 머리가 몸에서 내려져서 혼백이 영히 떠나간대도 누가 이 소리를 아니 지르랴?"라고 끝맺는 대목에서는 시인의 열렬한 조국애가 웅변적으로 표현되고 있다.

요컨대 이 시는 유년시절부터 장년에 이르기까지의 삶의 역정을 노래하면서, 그 고달픈 생애를 근저에서부터 지탱해 준 삶의 동력으로서 시인의 절절한 조국애를 서정적으로 읊고 있는 작품이다. 그리고 바로 여기에 비슷한 삶의 역정을 거쳐온 홍명희를 그토록 감동시킨 비밀이 내장되어 있는 것이다. 이러한 점에서 산문시 「사랑」은 신문학 초기의 번역문학 중 단연 돋보이는 작품일 뿐 아니라, 자신의 삶에 대한 구체적인 기록을 거의 남기지 않은 홍명희의 내면세계를 더듬어볼 수 있는 귀중한 자료로서도 가치를 지닌다 하겠다.

부친 홍범식의 순국과 삶의 방향전환

일본에서 중도 귀국한 홍명희가 나라의 운명을 근심하며 자신의 장래에 대해 암중모색을 거듭하고 있던 1910년 8월 29일 마침내 한국은 일본의 식민지로 전락하고 말았다. 이와 때를 같이하여 그의 집안에는 엄청난 사건이 발생했으니, 이는 곧 당시 금산군수로 재직하고 있던 그의 부친 홍범식이 자결한 일이다. 이로 인해 홍명희는 평생 잊지 못할 깊은 충격을 받았으며, 이 사건은 그 이후 그의 사고와 행동에 대해 결정적인 영향을 미쳤다.

1902년 내부주사를 시작으로 벼슬길에 오른 그의 부친 홍범식은 을사조약 이후로 항상 비분하여, "민충정공(閔忠正公)은 좋은 일을 이루었다"며 순국한 민영환을 예찬하곤 하였다. 1907년 태인군수로 부임한 뒤에는 백성들을 의병으로 몰아 함부로 죽이는 일이 없도록 수비대장들을 설득했으며, 황무지 개척과 관개사업에 힘쓰는 등 선정을 베풀었다. 1909

년 금산군수로 자리를 옮겼으나, 그곳에서도 몰수되어 국유로 될 뻔했던 백성들의 개간지를 돌려주도록 주선하는 등 선정을 폄으로써 백성들의 칭송을 받았다.

금산군수로 재직중이던 홍범식은 태상황(太上皇) 고종의 만세절(萬歲節)을 기하여 일본이 한국을 병탄(併呑)하려 한다는 소식을 듣고는, "내가 이미 사방 백 리의 땅을 지키는 몸이면서도 힘이 없어 나라가 망하는 것을 구하지 못하니 속히 죽는 것만 같지 못하다"라고 탄식하며, 순사(殉死)를 결심하고 남몰래 유서를 미리 장만해두었다. 마침내 경술국치를 당한 1910년 8월 29일 저녁 그는 사또가 망궐례(望闕禮)를 행하는 곳인 객사(客舍) 뒤뜰 소나무 가지에 목을 매어 자결하였다. 객사 안의 벽에는 "나라가 파멸하고 임금이 없어지니 죽지 않고 무엇하리"(國破君亡 不死何爲)라는 여덟 자의 유언이 적혀 있었다.

홍범식의 장례는 전 군민(郡民)들의 애도 속에 성대히 치루어졌다. 관민(官民)으로 부의(賻儀)를 한 사람만도 오천 명에 달하였으며, 장남 홍명희가 소식을 듣고 달려왔을 때는 이미 장례준비가 다 갖추어져 있었다. 발인날에는 온 고을사람들이 나와 분향하고 통곡했으며, 장례행렬이 괴산 선영을 향할 때 백여 명의 백성들이 삼백 리나 되는 길을 따라갔다. 괴산군 제월리 산수골의 선영에 묘를 썼다가, 3년 뒤인 1912년

8월 같은 선영 내에서 이장하여 홍명희의 생모인 선처 은진 송씨와 합장하였다.[34]

경술국치 후 제일 먼저 순국한 홍범식의 최후가 나라 안에 알려지자, 커다란 파문을 일으키면서 정부 고관으로부터 유생·환관·평민 등에 이르기까지 잇달아 순국하는 이가 수십 명에 이르렀다. 해방 후인 1949년 지방 유림들의 발의로 금산군 내에 '군수 홍공(洪公) 범식 순절비'가 세워졌으며, 1962년 대한민국 건국공로훈장 단장(單章)이 추서되었다. 그리고 1998년에는 괴산군에 '의사(義士) 홍공 범식 추모비'가 세워졌다.[35]

홍범식은 자결하면서 10여 통의 유서를 남겼는데, 홍범식의 조모 신씨부인을 비롯하여, 부친 홍승목, 처 조경식, 홍명희를 비롯한 여섯 명의 자녀, 두 며느리, 그리고 당시 여덟 살이던 장손 홍기문 등에게 남긴 것이었다. 홍범식은 장남 홍명희에게 남긴 유서에서 다음과 같이 당부했다고 한다.

기울어진 국운을 바로잡기엔 내 힘이 무력하기 그지 없고 망국노의 수치와 설움을 감추려니 비분을 금할 수 없어 스스로 순국의 길을 택하지 않을 수가 없구나. 피치 못해 가는 길이니 내 아들아, 너희들은 어떻게 하나 조선사람으로서의 의무와 도리를 다하여 잃어진 나라를 기어이 찾아

야 한다. 죽을지언정 친일을 하지 말고 먼 훗날에라도 나
를 욕되게 하지 말아라.[36]

홍명희는 이러한 부친의 유언을 각골명심하여 평생의 좌
우명으로 삼았다. 그리고 집안 자제들을 훈도할 때도 항상
홍범식의 순국 사실을 강조하면서, 그러한 어른의 후손인 만
큼 남달리 자존심을 지키고 인내력을 길러야 한다고 타이르
곤 하였다. 뿐만 아니라 홍명희는 월북 이후에도 액자에 정
하게 넣은 부친의 유서를 책상 앞에 걸어놓고, 아침 저녁으
로 그것을 올려다보며 마음을 다잡아 어제를 되돌아보고 내
일을 깨끗하게 살려고 애썼다고 한다. 북의 작가 현승걸은
만년의 홍명희의 언행에 대해 다음과 같이 전하고 있다.

말년의 어느날 선생은 자식들 앞에서 "나는 『임꺽정』을
쓴 작가도 아니고 학자도 아니다. 홍범식의 아들, 애국자
이다. 일생동안 애국자라는 그 명예를 잃을까봐 그 명예에
티끌조차 묻을세라 마음을 쓰며 살아왔다"라고 하며 조용
히 그러나 마디마디에 힘을 주어 말하였다
선생은 일생동안 애국의 지조를 지켜 순국한 부친을 자랑
으로 여겨왔고 조선민족으로서의 도리와 의무를 다하라는
부친의 마지막 유언을 따르며 부친의 유서에 충직하려고

애를 썼다. 정말 선생은 순국한 부친의 그 아들이었다.[37)

후일 홍명희는 나라가 망하고 부친이 순국했을 당시의 심경에 대해 "온 세상이 별안간 칠통 속으로 들어간 듯 눈앞이 캄캄하였다"고 표현하였다. "삼년상을 치러야 한다고 3년을 지내는 동안에 겉으로 생활은 전과 같이 먹을 때 먹고 잘 때 자지만 속으로 감정은 전과 딴판 달라져서 모든 물건이 하치 않고 모든 사람이 밉살스럽고 모든 예법이 가소로웠다"는 것이다.[38) 이처럼 삶에 대한 일체의 의욕을 잃고 허무주의적인 심사에 빠져들던 홍명희는 러시아 유학 계획도 포기하고 문필 활동도 그만둔 채 괴산과 서울을 왕래하며 지내다가, 돌연 중국으로 떠나게 된다.

중국과 난양에서 망명생활을 하다

부친의 순국 이후 한동안 은둔하다시피 하며 지내던 홍명희는 삼년상을 마친 1912년 가을 다시 출국하여 중국으로 향했다. 홍범식이 순국하고 나서 집안의 기둥인 장손 홍명희마저 외국으로 떠나버리자, 가족들은 큰 충격을 받게 되었다. 홍기문에 의하면, "서울로 올라가신 줄 알았던 아버지에게서 영영 고토(故土)를 작별하고 타국으로 나가노라고 편지가 오자 고조할머니도 우시고 증조할아버지도 우시고 온 집안이 난가(亂家)가 되었"다고 한다.[39)

홍명희는 그 무렵의 많은 애국지사들과 마찬가지로 중국에 망명하여 독립운동에 투신할 뜻을 품었다. 그때 중국은 신해혁명(辛亥革命)의 성공으로 청(淸)이 멸망하고 동양에서는 최초로 공화정이 실시되는 엄청난 정치적 격변을 겪고 있었다. 그러므로 홍명희는 1911년 신해혁명의 성공 소식에 접한 뒤 중국 혁명이 우리 민족의 독립을 위해서도 새로운 전환을 가져올 수 있을 것으로 기대했던 것 같다.

또한 홍명희가 중국에 가게 된 이면에는 위당 정인보와의 친분도 작용하였다. 소론 명문가 태생인 정인보는 홍명희보다 다섯 살 연하였으나, 신교육을 전혀 받지 않고 한학만을 수학하여 일찍부터 문명(文名)이 높았다. 홍명희와 정인보는 다같이 명문 사대부가 출신이며 도저한 한학 실력을 지닌 학자이자 일제와의 타협을 끝까지 거부한 애국자로서 식민지시기 내내 가장 절친한 벗으로 지냈으며, 후에 당색을 초월하여 서로 사돈을 맺었을 정도로 친밀한 사이였다.

정인보는 서간도에 솔가 망명하여 독립운동을 하고 있던 이시영·이석영 등이 외가 쪽 친척이었던 연고로 생모를 모시고 서간도에 가려는 계획을 세우고 있었던 듯하다. 홍명희는 1912년 가을에 먼저 출국하여 서간도에 체류하고 있다가, 그해 겨울 도착한 정인보 모자와 해후하였다. 그리고 이듬해 봄 정인보의 모친이 귀국한 뒤, 홍명희와 정인보는 서

간도를 떠나 중국 혁명의 중심지인 상하이로 갔다.[40]

1910년대의 상하이는 열강의 조계지(租界地)가 있던 국제도시이자 세계 해상교통의 요충지로서, 국제정세를 파악하고 독립운동을 추진하는 데 매우 유리한 조건을 갖추고 있었다. 더욱이 신해혁명을 전후한 시기에 상하이는 중국혁명의 근거지로 부상했으며, 1911년 중국에 망명한 신규식이 중국 혁명가들과 함께 신해혁명에 참가했기 때문에 한국 독립운동의 한 거점이 되어 있었다. 신규식은 1912년 7월 한국 독립운동단체인 동제사(同濟社)를 결성하고, 이어서 중국 혁명지도자들과 함께 비밀결사인 신아(新亞)동제사를 결성했다. 그러나 1913년 7월에 일어난 제2차혁명이 실패하자, 신규식은 정치적으로나 재정적으로나 어려운 처지에 놓이게 되었다.[41]

이와 같은 중국혁명의 와중에서 상하이에 도착한 홍명희는 그곳의 동지들과 함께 동제사에 가담하여 활동하면서 해외에서의 독립운동의 방향을 모색하였다. 동제사는 후에 수립된 대한민국임시정부의 한 모체가 된 단체로서, 이사장은 신규식, 총재는 박은식이었으며, 신채호 · 김규식 · 조소앙 · 문일평 · 홍명희 등이 주요 인사로 참여하였다. 동제사에서는 1914년 1월 박달학원(博達學院)을 세워 망명해온 조선청년들에 대한 교육에 주력했는데, 홍명희는 박은식 · 신채

호·문일평·조소앙 등과 함께 교수로 참여하여 그곳에서 강의를 하였다.[42]

이처럼 상하이에서 홍명희는 박은식·신규식·신채호·김규식 등 저명한 민족해방운동가들과 친교를 맺고 함께 활동하였다. 또한 동년배의 벗이자 동지들인 정인보·문일평·조소앙 등과는 한 집에서 생활할 정도로 가깝게 지냈다. 처음에 그들은 프랑스 조계(租界) 애문의로(愛文義路)에 있는 깨끗한 2층집에서 중국인 밥하는 사람을 두고 어느 정도 여유 있는 생활을 하였다.[43]

그러나 중국 정세가 악화된데다가 각자 고국에서 가져온 돈이 떨어지자 생활이 점차 어려워지지 않을 수 없었다. 세계여행을 목적으로 고국을 떠난 이광수가 1913년 11월 상하이에서 홍명희를 찾아갔을 때, 그들은 백이부로(白爾部路)의 허름한 집에서 지극히 궁핍한 생활을 하고 있었다고 한다. 이광수의 회고에 의하면 당시 홍명희는 그러한 와중에서도 오스카 와일드의 『도리안 그레이』, 『옥중기』 등을 읽고 있었으며, 일생을 관조하는 태도로 살아간다는 의미에서 '관조론'을 생활 신조로 내세우곤 하였다.[44]

이 시기에 홍명희는 민족의 독립을 위해 무언가 뜻있는 일을 하겠다는 생각으로 중국에 가기는 했으나, 주·객관적인 여건이 성숙되지 않아 암중모색의 나날을 보내고 있었던 듯하다. 그리고 도쿄 유학시절에 탐닉했던 악마주의적 취향이나, 부친의 순국 이후 빠져들었던 허무주의적인 심정으로부터 완전히 벗어나지는 못했던 것으로 짐작된다.

1914년 11월 홍명희는 독립운동을 위한 재원 마련의 가능성을 모색해보고자 몇몇 동지들과 함께 상하이를 떠나 난양(南陽)으로 향하였다. 동남아시아의 화교들은 신해혁명을 전후하여 중국 혁명가들에게 많은 운동 자금을 제공했을뿐더러, 1914년 8월 일본이 중국의 칭다오(靑島)를 점령하자 반일운동을 활발하게 벌였다. 그러므로 홍명희는 중국혁명에 물적 기반을 제공하면서 배일운동의 일익을 담당하고 있던 동남아시아 화교사회의 실태를 둘러보고, 가능하다면 그곳에 조선의 독립운동을 위한 재정적 기반을 구축해보려는 구상을 갖게 되었던 것이다.

홍명희는 정원택(호 지산[志山])을 위시한 세 명의 동지들과 함께 상하이를 출발하여 홍콩, 말레이시아의 싼다칸, 라부안을 거쳐 1915년 3월 싱가포르에 도착하였다. 당시 싱가포르는 영국 식민성의 직할식민지로서 아시아무역의 일대 요충지인데다가, 군사적인 면에서 영국의 동양 진출의 근거지가 되어 있었다. 그리고 그 과정에서 중국인들이 대량으로 유입되어, 화교사회가 확고한 뿌리를 내리고 있었다.[45]

정원택이 남긴 『지산외유일지』에 의하면, 홍명희 등은 싱가포르 금방마로(金傍馬路)에 있는 양옥 한 채에 세 들어 살면서 고무농장을 사들이고 석광(錫鑛)에 투자하는가 하면 고무공장을 운영하기도 했으나, 결과적으로 별반 큰 소득을 얻지는 못한 것으로 추측된다. 다른 한편 그들은 상하이시절 동지들로부터 소개받아, 난양 각지에서 중국인들과 광범한 접촉을 가지면서 적지 않은 도움을 받고 지냈던 듯하다. 때로는 그곳에서 친분을 갖게 된 중국인의 가족 파티에 초대받아 가기도 하고, 서양극장에 가서 영화를 보기도 했으며, 달빛이 멋있는 밤 발코니에 테이블과 의자를 내놓고 밤늦게까지 술을 마셨다는 기록도 있다.[46] 그들은 머나먼 난양에서 고독한 생활을 하는 와중에도 이따금 그 나름의 낭만을 즐기기도 했던 듯하다.

싱가포르에서 홍명희는 당시 재차 도일하여 와세다대학에서 수학중이던 이광수에게 한시를 동봉한 편지를 보낸 적이 있었다. 그 편지에서 홍명희는 『매일신보』에 연재중이던 이광수의 장편소설 『무정』을 보았으나 신통치않더라고 평하면서, 싱가포르로 놀러오라고 권유하였다. 그런데 "남양은 좋은 곳이요. 지구의 어디보다 안락한 지대라오. 돈 4천 원만 있으면 야자 농사 해서 일생을 편히 살 것 같은데 그것이 뜻대로 안되는구려"라고 하면서 가난한 유학생인 이광수에게 4천 원의 거금을 가지고 오라고 했다니, 이는 그의 장난끼

58

어린 농담이라 하겠다.[47]

　난양 시절 홍명희는 독서와 문학수업에도 나름으로 노력을 기울였다. 당시 그는 루소의 『참회록』과 유사한 진실된 자기고백을 써보려고 시도한 적이 있으며, 시를 습작해보기도 하였다. 중국을 거쳐 귀국했을 당시 그는 오이켄(R. Eucken) · 베르그송 · 타고르 · 페스탈로치 · 니체 등의 저서를 포함한 큰 버들고리로 두 개나 되는 책을 가지고 왔다고 하는데, 그중에는 난양 시절에 읽은 것들이 적잖이 들어 있었을 것이다.[48]

　1917년 12월 홍명희 등은 3년 남짓한 난양생활을 청산하고 싱가포르를 출발하여 상하이로 향하였다. 상하이에서 신규식을 비롯한 여러 동지들의 영접을 받고 얼마동안 지내다가 홍명희는 일행과 헤어져 베이징(北京)으로 갔다.[49] 베이징 체류 중에는 당시 보타암(普陀庵)에서 『조선사』를 집필중이던 단재 신채호와 재회하여 그와 평생지기로서의 막역한 우정을 쌓았다.

　1936년 신채호가 옥사한 직후에 쓴 「상해시대의 단재」에서 홍명희는 그때의 만남을 다음과 같이 회상하고 있다.

　　북경서 달포 동안 단재와 교유하는 중에 비로소 그의 인물을 잘 알았습니다. 단재가 의론(議論)에 억양(抑揚)하고 행동에 교계(較計)가 적으나 억양이 과한 데 정열이 있어 좋고 교계가 적은데 속기가 없어 좋았습니다. 단재가 고집 세고 괴벽스럽다고 흉보듯 변보듯 말하는 사람도 없지 않았으나 단재의 인물을 잘 알면 고집이 맘에 거슬리지 않고 괴벽이 눈에 거칠지 않았을 것입니다. (……)

단재의 우거하던 석등암(石燈庵) 옆채 캉(炕) 위에 단둘이 붙어앉아서 간담을 토로하고 고금을 의론하던 것이 어제런 듯 생각나는데 근 20년 서로 만나지 못한 끝에 생리(生離)가 사별(死別)이 되었습니다. 내가 단재와 사귄 시일은 짧으나 사귄 정의(情誼)는 깊어서 나의 50반생에 중심(中心, 심중—인용자)으로 경앙(景仰)하는 친구가 단재이었습니다.[50]

이와 같이 홍명희는 수년 전 상하이시절에 이어 베이징에서의 만남을 통해 신채호의 학식·재능·사상 그리고 인간됨에 대해 정확히 파악하고 높이 평가하였다. 그리하여 두 사람은 비록 다시는 재회하지 못했으나 평생 서로 진심으로 경애하는 벗이요 동지가 되었던 것이다.

1918년 7월 펑톈(奉天)으로 간 홍명희는 그곳에서 귀국을 종용하고자 고국으로부터 온 아우 홍성희를 만나게 되었다. 아우로부터 그간의 복잡한 집안 사정과 조부의 간곡한 당부를 전해 들은 홍명희는 망설임 끝에 결국 귀국을 결심하게 되었다. 그리하여 그는 7년간에 걸친 해외에서의 방랑생활을 청산하고 귀국길에 오르게 되었다.[51]

출국할 때 가족들에게 영영 고국을 떠나노라고 고하고 중국에 망명하여 독립운동에 투신하려 했던 계획은 빗나가, 홍명희는 햇수로 7년 만에 다시 고향에 돌아오게 되었다. 그러나 20대의 젊은 나이에 오랫동안 해외에서 활동한 경험과 이력은 민족운동가로서의 홍명희의 성장에 지울 수 없는 흔적을 남겼다. 이 시기에 그는 식민지 조선의 상황을 제국주의 시대의 국제 질서 속에서 거시적이고 객관적으로 바라볼 수 있는 안목을 갖추게 되었다. 그리고 당시 중국에서 활동하고 있던 대표적인 민족해방운동가들과 폭넓게 사귀면서 두터운 동지애를 쌓았다.

한편 홍명희는 난양에서 조선의 독립운동을 위한 재원을 물색해보겠다는 애초의 목표를 결국 달성하지는 못한 채 귀국하였다. 그러나 당시 조선인들로서는 가보기 힘든 머나먼 난양에서의 방랑체험은 그의 안목을 가일층 넓혀주었으며, 민족해방운동가로서는 물론 문학인으로서의 그의 내면적 성장에 커다란 도움이 되었을 것으로 추측된다.

충청도 두메산골 작은 고을에서 양반가의 장손으로 태어나 전래의 봉건적 풍습 아래에서 성장한 홍명희는, 14세 때인 1901년 상경하여 신교육을 받기 시작한 이후 31세가 되던 1918년까지 서울과 도쿄, 상하이, 싱가포르 등 당시 동양굴지의 대도시이자 아시아에서는 근대 문명의 첨단을 가는지역에서 생활하며 20세기의 신문물을 폭넓게 체험하였다. 그는 비록 서양에 가보지는 못했지만, 서양 열강의 조계지가있던 상하이와 영국령이던 싱가포르에서 생활함으로써 서구문명을 상당히 근접하여 체험한 셈이다. 이를 통해 홍명희는그 세대의 조선인으로서는 극히 예외적일 만큼 드넓은 국제적 안목과 식견을 갖추게 되었던 것으로 보인다.

일제 식민지 치하에서
—1918년부터 1945년까지

3·1운동 이후 민족해방운동에 투신하다

해외에서의 오랜 방랑생활을 청산하고 귀국한 후 모처럼 안온하고 다사로운 가정생활을 맛보면서 지친 심신을 다스리며 지내던 홍명희는, 32세 되던 해인 1919년 3월 향리 괴산에서 만세시위를 주도하면서부터 고난에 찬 민족해방운동의 도정에 본격적으로 들어서게 된다.

그 무렵 홍명희는 귀국한 지 얼마 안 된데다가 괴산에 거주하고 있었으므로, 서울에서 은밀히 독립선언을 추진중이던 민족지도자들과 사전에 연락이 닿지는 않았던 듯하다. 그러나 3월 1일 고종의 국장(國葬)을 보기 위해 상경한 그는 서울에서 대규모 군중시위를 목도하고 강한 충격과 감동을 받았다. 그리하여 귀향 후 벗 이재성·김인수, 서계로 손아래 숙부인 홍용식(洪用植) 등 평소 뜻이 통하던 인사들과 숙의한 끝에 3월 19일 괴산면 장날에 만세시위를 벌이기로 결의하였다. 그리고 거사일 전에 손수 독립선언서를 집필하여 동지들로 하여금 밤새 등사판으로 수백 장의 유인물을 제작케 하였다.

3월 19일 괴산 장날이 되자 인쇄한 독립선언서를 몰래 지니고 장터에 나타난 홍명희와 홍용식·이재성은 오후 5시경 모여든 군중에게 이를 나누어주면서, '조선독립 만세'를 고창하여 독립운동을 하자는 취지의 연설로 그들을 선동하였다. 여기에는 시장에 나온 군중들뿐 아니라 수십 명의 학생들이 종이로 만든 태극기를 들고 가담하였다. 이에 일경은 즉시 주모자 17명을 검거하고 국기와 유인물을 압수하였다. 그러나 그 수가 점점 불어나 600∼700명에 달한 군중은 경찰서를 포위하고 검거된 인사들의 석방을 요구하며 투석 폭행하였다. 결국 시위대는 경찰과 충주에 주재한 수비대의 진압에 의해 밤 늦게야 해산되었다.

괴산에서 충북 지역 최초의 만세시위가 일어나 홍명희를 위시한 주모자들이 검거되자, 홍명희의 아우 홍성희는 김인수 등과 함께 다음 괴산 장날인 3월 24일 다시 대규모 만세시위를 주도하여 일경에 체포되었다. 그러자 이에 분격한 700여 명의 군중은 경찰서·우편국·군청을 습격하여 투석하다가 경찰서원 및 충주 수비병의 진압에 의해 밤 늦게 해산하였다. 그 이후 괴산군 내의 다른 면에서는 물론, 청주·옥천·영동·음성·진천·충주·보은·제천 등 충청북도 각 지역에서 연쇄적으로 만세시위가 벌어졌으며, 점점 더 과격한 양상을 띠게 되었다.

괴산 만세운동 주모자들에 대한 재판은 서둘러 진행되었다. 1919년 4월 17일 홍명희는 공주지방법원 청주지청에서 열린 1심 공판에서 출판법과 보안법 위반으로 징역 2년 6개월을 선고받았다. 5월 19일에 열린 경성 복심(覆審)법원의 항소심에서는 초심 때와 동일한 죄상이 인정되기는 했으나, 신·구법을 대조하여 그중 가벼운 쪽을 적용한다는 방침에 따라 출판법 위반으로 징역 1년 6개월을 선고받았다. 숙부 홍용식은 징역 1년 6개월을, 아우 홍성희는 징역 1년을 선고받았다. 이들은 모두 그에 불복하여 3심인 고등법원에 상고했으나, 상고가 기각되어 형이 확정되었다.

병약한 몸으로 남달리 힘들게 옥고를 치르던 홍명희는 소위 '은사'(恩赦)에 의해 징역 10월 14일로 감형되어, 1920년 4월 28일 청주형무지소에서 만기 출감하였다.[52]

1920년 4월 출옥한 이후 홍명희에게는 참담한 고절(苦節)의 시절이 시작되었다. 우선 그는 옥중생활로 건강을 상한 위에, 경제적으로도 극심한 어려움에 시달리게 되었다. 본래 대지주 집안이었던 홍씨 일가는 홍범식의 순국에 이어 집안의 기둥이라 할 홍명희가 해외에서 독립운동의 길을 모색하고 있는 동안 점차 가세가 기울다가, 만세운동으로 인해 집안의 장정들이 거의 모두 투옥되는 재난을 겪으면서 결정적으로 몰락하게 된 것이다.

그리하여 홍명희가 투옥된 직후인 1919년 5월 홍씨 일가는 괴산군의 중심지에 있던 인산리 대저택을 팔고 제월리 묘막으로 이주하였다. 서울 북촌의 자택은 그 이전에 이미 처분했으므로, 출옥 후 한동안 제월리에서 정양하다가 대가족을 이끌고 상경한 홍명희는 서울에서 내내 셋집을 전전하지 않으면 안 되었다. 이 시기에 그는 생계를 위해 교단에 서기도 하고 언론계에 몸담기도 했지만, 그러한 직장들에 오래 머물지도 못했거니와 거기에서 나오는 수입으로는 대가족의 생계를 보장할 수 없는 형편이었다.

출옥 직후인 1920년 홍명희는 당시 18세이던 장남 기문을 혼인시켰다. 이듬해에는 홍명희와 민씨 부인 사이에서 쌍둥이인 딸 수경과 무경이, 1926년에는 막내딸 계경이 태어났다. 그리고 1923년에는 장남 기문과 그의 처 덕수 이씨 사이에서 장손 석진(錫震)이 태어나, 홍명희는 불과 36세의 나이로 조부가 되었다. 그런가 하면, 1925년 2월에는 조부 홍승목이 79세를 일기로 타계하였다.[53] 홍씨 일가에서는 조선왕조의 고위 관리를 지낸 마지막 인물이었고 부친을 일찍 여읜 홍명희에게는 부친이나 다름없었던 조부의 죽음으로, 이제 홍명희는 일찍이 도쿄 유학시절 이래 정신적으로 거리를 느끼고 있던 봉건시대와의 마지막 유대로부터 완전히 떨어져 나오게 된 셈이었다.

출옥 이후 홍명희는 주로 교육계와 언론계에 몸담으면서 다양한 사회활동을 하였다. 1920년대 초에 그는 일시 휘문학교와 경신학교 교사를 지냈으며, 그 후 중앙불교전문학교와 연희전문학교에 출강하기도 하였다. 1923년경에는 유수한 출판사였던 조선도서주식회사의 전무로 근무하였다. 그리고 거기에서 간행한 『태서(泰西)명작단편집』에 체호프의 「산책녀」, 모파상의 「모나코 죄수」 등 4편의 서양 단편소설을 번역하여 싣기도 하였다.[54]

또한 이 무렵 홍명희는 국제어 에스페란토의 연구·보급을 위해 조직된 조선에스페란토협회에 가입·활동하였다. 당시에는 세계적으로 에스페란토운동이 활발했으며, 국내에서도 신문·잡지에 에스페란토에 대한 소개나 지상강좌가 게재되는 등 에스페란토에 대한 관심이 높았다. 1910년대 상하이에서 에스페란토를 배워 조선에서 '가장 오랜, 첫 에스페란티스토'로 알려져 있던 홍명희는 1923년 6월부터 8월까지 조선에스페란토협회가 주최한 에스페란토 강습회에 강사로 참여하였다. 그리고 1923년 시인 김억이 쓴 교재 『에스

페란토 독학(獨學)』에 에스페란토로 「머리말」을 써주기도 하였다.[55]

1924년 5월 홍명희는 동아일보사 취체역(取締役) 주필 겸 편집국장에 취임함으로써 언론인으로서의 활동을 시작하였다. 김성수·송진우를 경영진으로 한『동아일보』는 창간되던 1920년 당시의 사회적 여망과는 달리 민족개량주의적인 노선으로 치닫고 있었다. 그러던 중 1924년 1월 일제 식민통치에 타협적인 자치운동 노선을 시사한 이광수의 사설 「민족적 경륜」으로 인해 각계의 성토와 불매운동을 초래하게 되었다. 그에 대한 미봉책으로 동아일보사 측에서는 사장 송진우의 사표를 수리하고 민족주의자로서 명망이 있던 남강 이승훈(본명 이인환〔李寅煥〕)을 사장으로 영입함과 동시에 홍명희를 주필 겸 편집국장으로 초빙하게 된 것이다.

당시 홍명희는『동아일보』를 진정한 민족지로 키우려는 의욕에 차 주필 겸 편집국장직을 수락했던 듯하다. 그리하여 동아일보사에는 홍명희의 아우 홍성희가 사업부장으로, 벗 이승복이 조사부장으로, 정인보가 논설위원으로, 이관용이 촉탁기자로, 그리고 홍명희와 함께 신사상연구회 창립회원으로 활동하고 있던 구연흠이 지방부장으로 취임하는 등, 홍명희와 뜻이 맞고 절친한 인물들이 상당수 입사하여 요직을 맡았다. 기자들 중에도 화요회 회원이던 청년 사회주의자 박헌영 · 임원근 · 허정숙, 그리고 홍명희를 따르던 젊은 문인들인 심대섭(필명 심훈) · 김동환(호 파인〔巴人〕) · 안석주(호 석영〔夕影〕) 등이 재직하게 되어, 사내 분위기가 일신되는 듯하였다.

이와 같이 필진이 달라짐에 따라 이 시기 『동아일보』는 사설 등의 논조가 일제에 대해 비타협적인 방향으로 선회했으며, 그 결과 한 해 동안 기사나 사설이 일제당국에 의해 압수된 횟수가 엄청나게 늘어났다. 한편 홍명희는 문예 방면에 특별히 관심을 기울여 이듬해 연초부터는 학예부장을 겸임하기도 하였다. 당시 『동아일보』에서는 한국 신문사상 최초로 '신춘문예'를 공모했는데, 그 이후 신춘문예 제도는 다른 신문들에서도 채택되어 오늘날까지 수많은 문인들을 배출한 중요한 통로가 되어왔다.

그런데 이광수의 사설 파문으로 야기된 사내 분규가 어느 정도 진정되자, 사주 김성수는 여론 무마용으로 초빙했던 사장 이승훈을 불과 5개월 만에 고문직으로 밀어내고 직접 사장으로 들어앉아 경영과 편집의 전권을 장악하였다. 이러한 와중에서 홍명희는 점차 영향력을 잃고 신문사 일에 소극적으로 되어갔던 듯하다. 애초의 기대와는 달리 동아일보사에서 뜻을 펼 수 없게 된 홍명희는 마침내 1925년 4월 사직서를 내고 『시대일보』로 자리를 옮겼다. 그러자 그의 후임으로

송진우가 주필에 임명됨으로써 『동아일보』는 종전의 김성수 · 송진우 체제로 되돌아가고 말았다.[56]

동아일보사에 재직하고 있는 동안 홍명희는 『동아일보』에 「학예란」, 「학창산화」 등의 표제 아래 수개월 동안 동서고금의 이색적인 지식을 소개한 일종의 칼럼을 연재하였다. 이러한 칼럼들 중 상당수는 1926년에 조선도서주식회사에서 간행된 그의 저서 『학창산화』에 수록되었다. 이처럼 광범한 독서를 바탕으로 다방면에 걸친 지식을 신문 · 잡지에 소개하는 칼럼의 형식은 조선시대 지봉 이수광(李睟光)의 『지봉유설』(芝峰類說)이나 성호 이익(李瀷)의 『성호사설』(星湖僿說) 등의 전통을 계승하여 현대화시킨 것으로, 홍명희가 처음 개척한 것이라 볼 수 있다.

『학창산화』는 언어 · 문학 · 역사 · 철학 · 사회과학 · 자연과학 등 광범한 분야의 지식을 다루고 있어, 홍명희가 당시 지식인들 중 유례가 드물 만큼 폭넓은 지적 관심과 조예를 지니고 있었음을 말해준다. 또한 『학창산화』는 한 서지학자가 "수필집이라 이름 붙일 수 있는 최초의 단행본"이라 규정한 데서도 알 수 있듯이, 단순히 여러 분야의 지식을 나열하기만 한 책은 아니며, 그 가운데 당시 홍명희의 의식세계를 엿볼 수 있는 대목이 적잖이 포함되어 있다.[57] 여기에서 그는 양반 출신으로 한학을 수학한 인물이라고는 믿기지 않을 만큼 합리적이고 진보적인 사고를 보여주고 있다.

또한 『학창산화』에는 우리 민족 문화에 대한 주체적인 의식과 동서고금의 문물에 대한 폭넓은 식견, 특히 언어 · 문학 · 풍속사에 대한 깊은 조예, 그리고 온갖 사물의 디테일에 대한 홍명희의 남다른 관심이 드러나 있다. 바로 이러한 그의 정신적 특질은 후일 『임꺽정』과 같은 탁월한 리얼리즘 역사소설을 낳게 한 원동력으로 작용했을 것이다.

1925년 4월 홍명희는 시대일보사로 자리를 옮겨 편집국장 · 부사장 · 사장직을 차례로 역임하였다. 최남선이 창간하여 인기를 누리던 『시대일보』가 경영난으로 신흥 종교단체인 보천교(普天敎)로 경영권이 넘어갈 위기에 처하게 되자, 홍명희는 주위의 뜻있는 인사들과 함께 재단을 구성하여 『시대일보』를 인수하게 된 것이다. 『시대일보』로 옮긴 홍명희는 이번에야말로 『동아일보』에서 이루지 못한 뜻을 살려 진정한 민족지를 만들려는 의욕을 품었던 듯하다. 그리하여 『동아일보』 재직시 그와 뜻을 같이하던 동지들이 거의 모두 『시대일보』로 이동하여 간부진에 포진하였다. 홍성희 · 이승복 · 구연흠은 『시대일보』에서 각각 계획부장 · 상무이사 · 논설부장직을 맡았다. 그리고 『동아일보』 편집국장 대리였던 한기악은 『시대일보』에서 편집국장 대리를 거쳐 홍명희의 후임으로 편집국장이 되었으며, 이관용은 홍명희가 『시대일보』사장직에 오르면서 부사장직을 맡았다.

이와 같이 새로운 진용으로 재출발을 하게 되자 『시대일보』는 『조선일보』, 『동아일보』와 경쟁하면서 이른바 3대 민족지의 정립(鼎立) 시대를 맞이하게 되었다. 그런데 합자회사 형태로 재출발한 『시대일보』는 신문사를 안정되게 경영하는 데 필요한 자금 확보에 실패하여 다시금 재정난에 봉착하였다. 그 후 『시대일보』는 총독부에 형식적인 납본만 하며 겨우 명맥을 유지하다가 1926년 8월부터 휴간한 끝에 결국 발행권이 취소되어 폐간되고 말았다.[58]

『시대일보』가 폐간된 후인 1926년 10월 홍명희는 정주 오산(五山)학교 교장으로 부임하였다. 오산학교는 1908년 이승훈이 설립한 서북지방의 명문교로서, 민족교육의 전당으로 널리 알려져 있었다. 홍명희가 교장으로 취임할 무렵 오산학교는 재단법인이 설립되고 오산고등보통학교로 승격되는 등 발전을 거듭하는 전환기에 처해 있었다. 그런데 공교롭게도 그해 말부터 신간회 창립에 관한 논의가 급진전되어, 홍명희는 더 이상 정주에 남아 학교 일에만 전념할 수 없는 상황에 놓이게 되었다. 그러한 사정으로 인해 홍명희는 결국 1년이 채 못 되어 오산학교 교장직을 사임하고 말았다.[59]

출옥 이후 홍명희는 일단 교사와 언론인으로서 사회활동을 시작했지만, 다른 한편 1920년대의·새로운 사회정세하에서 민족해방운동의 가능성을 끊임없이 모색하고 있었다. 3·1운동으로 말미암아 일제 총독정치가 일시 유화적인 방향으로 선회하자, 당시 조선에는 전례 없이 고조된 사회분위기가 형성되고 있었다. 그러한 정세 변화에 직면하여 1920년대 부르주아 민족운동은 일제치하에서의 실력양성과 자치를 추구하는 민족개량주의 노선과, 일체의 타협을 거부하고 절대독립론을 견지한 비타협적 민족주의 노선으로 분화해갔다. 다른 한편 부르주아 민족운동과는 별도로, 3·1운동 이후 민족해방을 위한 새로운 실천적 대안으로서 사회주의사상이 급속히 보급되었다.

홍명희는 이미 도쿄 유학시절에 크로포트킨의 『빵의 약탈』 등 초보적인 사회주의 서적을 접한 바 있었으며, 그 후 중국과 난양에서 활동할 당시 러시아혁명과 사회주의에 대해 일정한 식견을 갖추게 되었을 것으로 추측된다. 그러나 그가 사회주의에 대해 적극적인 관심을 갖게 된 것은 3·1운동으로 옥고를 치르고 나온 이후부터였다. 1920년대 초에 홍명희는 민족해방운동의 한 돌파구로서 사회주의사상에 진지한 관심을 기울여, 마르크스주의 원전들과 아울러 가와카미 하지메(河上肇), 야마가와 히토시(山川均) 등 일본 마르크스주의자들의 책을 읽었다. 그리고 당시 급진적인 지식인들의 사상단체인 신사상연구회와 그 후신인 화요회, 그리고 화요회를 주축으로 사회단체들의 통합을 추진하기 위해 결성한 정우회(正友會)에 참여하여 주요 회원으로서 활동하였다.

신사상연구회는 1923년 7월 사회주의 사상을 연구하려는 목적으로 결성된 사상단체로서, 강습과 토론회 및 도서 간행을 당면사업으로 내세웠다. 신사상연구회의 창립회원은 16명에 불과했고 30대 인사들이 대부분이었으나, 그 후 해외에서 사회주의 이론을 체계적으로 학습하고 사회주의 운동단체에서 경험을 쌓은 청년 회원들이 대거 가입하였다. 그리하여 1924년 11월 신사상연구회는 화요회로 그 명칭을 바꾸면서, 동시에 마르크스주의 행동단체로 그 성격을 전환하였다. 이 화요회에는 후일 조선공산당 창립의 주역이 되는 김찬·홍증식을 비롯해 조봉암·박헌영 등 20대의 쟁쟁한 사회주의 운동가들이 참여하여, 1926년 초에는 회원이 100여 명에 이를 정도로 성세를 이루었다.

화요회는 북풍회 등 몇몇 사회주의 계열의 단체와 합동을 추진하여, 우여곡절 끝에 1926년 4월 정우회를 발족시켰다. 그 후 정우회는 1927년 2월 분파투쟁의 청산과 사상단체의 통일을 위해 솔선하여 자진 해체를 단행함으로써, 신간회 결성을 위한 바탕을 마련하였다. 홍명희는 아우 홍성희와 함께 화요회에 뒤이어 정우회 회원으로도 계속 활동했으며, 특히 화요회에서는 간부직을 맡기도 하였다.[60] 그러나 이 시기에 홍명희가 사상적으로 어느 정도 마르크스주의에 공감하고 있었으며, 사회주의 사상단체들에서 구체적으로 어떤 활동을 했는지는 관련 자료의 부족으로 인해 명확하게 규명하기 어렵다. 아마도 그는 화요회에서 주도적인 활동을 하기보다는 주류를 이루고 있던 젊은 세대의 의견을 존중하고 그들의 의견을 추종하는 태도를 취했던 것 같다.

다른 한편 홍명희는 비타협적 민족주의자들이 중심이 되어 조직한 '조선 사정 조사 연구회'에도 참여하였다. 조선사정조사연구회는 1925년 9월 백남운·안재홍·이관용·홍명희 등이 조선 사회의 각 분야를 연구한다는 목적하에 결성한 일종의 학술단체였다. 그런데 일제 경찰은 조선사정조사연구회가 단순한 학술단체가 아니라, 그 "진의는 이로써 민족운동의 기관으로 삼는 데 있다"고 파악하고 있었다. 조선사정연구회는 사상적 편차가 큰 다양한 성향의 인물들로 구성되었으나, 핵심 세력은 비타협적 민족주의 진영에 속한 인물들이었다. 1927년 2월 신간회가 결성되자, 그중 다수의 인사가 신간회에 참여하게 된다.[61]

이 시기 홍명희의 사회활동 중 또 한 가지 주목해야 할 것은, 그가 당시 문단에서 크게 세력을 떨치고 있던 조선프롤레타리아예술동맹(KAPF, 이하 '카프'로 약칭)과 일정한 관련을 맺고 있었으며, 프로 문학 진영의 대선배로 대접받고 있었던 사실이다. 홍명희는 평생 직업적인 문인으로 자처하지 않았을뿐더러 더욱이 당시에는 아직 『임꺽정』 연재를 시작하지도 않았지만, 지식인 사회에서 문인으로 간주되고 남다른 기대를 받고 있었다. 그런데다가 비록 카프에 가입하지는 않았지만 화요회와 같은 사회주의 운동단체의 주요 회원으로 활동하고 있었던 만큼, 홍명희가 프로 문학 운동단체인 카프와 관련을 갖게 된 것은 지극히 자연스러운 일이라 할 수 있다.

카프는 북풍회 계열의 사회주의 문화단체인 염군사(焰群社)와 김기진·박영희 등이 주도한 좌익 성향의 문학 동인으로서 서울청년회 영향권하에 있던 파스큘라(PASKYULA)가 합동하여 1925년 8월에 결성한 프로 문학 단체였다. 카프의 기관지에 해당하는 『문예운동』은 1926년 1월에 창간되어, 제2호까지 발행되었다.[62] 창간호에는 홍명희의 평론 「신흥문예의 운동」이, 제2호에는 「예술기원론의 일절」이 실려 있다.

「신흥문예의 운동」에서 홍명희는 '신흥문예'를 '유산계급에 대항한 문학', '생활의 문학', '신흥계급의 사회변혁의 문학' 즉 '프롤레타리아문예'로 규정하면서, "역사적 필연을 가진 신흥계급이 계급전(戰)에 있어서 반드시 이길 것이나 마찬가지로 문단세력에 있어서도 신흥문예가 그 주조(主潮)를 잡을 것은 멀지 않은 장래일 것"이라고 하여 그 역사적 필연성을 역설한다. 그리고 이 신흥문예운동은 "온갖 종류의 장애와 압박"을 극복하고 나아가야 하며, "프롤레타리아 제일선 운동과도 악수"해야 한다고 주장하고 있다. 요컨대 이 평론은 프로 문학의 역사적 필연성을 논하고 문예운동과 사회주의운동의 의식적 결합을 요구한 점에서, 이듬해 카프의 제1차 방향전환으로 대두한 이른바 목적의식론의 한 선구가 되는 글이라 할 수 있다.[63]

「예술기원론의 일절」은 문학예술 연구에 유물론적 방법을 적용할 것을 주장하고 예술의 기원을 노동에서 찾는 학설들을 소개함으로써, 이른바 '예술을 위한 예술' 이념을 부정하고 문학예술과 생활의 관련성을 강조한 글이다. 그런데 말미에 "초고"라고 부기되어 있을 뿐 아니라, 그 내용도 『학창산화』와 유사하게 평소 자신의 독서노트의 일부를 거의 그대로 옮겨놓은 것으로 보인다. 게다가 잡지 말미의 편집자의 말로 미루어보면, 홍명희는 카프 맹원은 아니었지만 『문예운동』 편집진에 의해 자신들의 문학 노선에 동참한 인사로 간주되었으며, 그들로부터 끈질긴 청탁을 받은 끝에 마지못해 이 소략한 글을 싣게 된 것으로 추측된다.[64]

1927년에 들어서면 홍명희는 신간회 활동에 전념하게 되고 카프는 제1차 방향전환을 겪게 되면서 양자의 관계는 더 이상 발전하지 않았던 듯하다. 그러나 『문예운동』 창간호 맨 서두에 홍명희의 글이 창간사와 같은 비중으로 실려 있는 점이나, 창간호와 제2호에 연속해서 글이 실린 필자가 몇 명 안 되고 그중 홍명희가 가장 선배격인 점을 감안할 때, 그는 카프 맹원들로부터 자파(自派)에 속하는 선배 문인으로 존경을 받고 있었으며, 은연중 프로 문학 운동의 지도적 인물로서 나서줄 것을 기대받고 있었던 것으로 보인다. 따라서 홍명희가 해방 이후 좌익 문인단체인 조선문학가동맹 중앙 집행위원장으로 추대된 것은 카프 시기에 형성된 이러한 유대의 연장선상에서 이루어진 일이라 할 수 있다.

1927년 2월에 결성된 민족협동전선 신간회는 민족해방운동가로서 홍명희가 그의 전 생애를 통해 가장 큰 기대를 갖고 심혈을 기울였던 활동의 장이었다. 1920년대 들어 민족해방운동이 좌·우로 분열되어 대립이 심해지자, 민족협동전선에 대한 열망도 그만큼 높아갔다. 특히 민족개량주의자들이 일제 총독부의 지원하에 자치운동 단체를 결성하려 한 것은, 비타협적 민족주의자들과 사회주의자들이 결집하여 민족단일당을 이루려는 움직임을 촉진하는 결정적인 계기가 되었다.

일제 관헌자료에 의하면 오산학교 교장으로 재직 중이던 홍명희는 1926년 말 겨울방학을 맞아 상경하여 최남선을 방문했다가, 최남선으로부터 그들의 의중을 전해 듣고 밤새워 그와 자치문제에 대해 격론을 벌였다. 이튿날 홍명희는 안재홍 등과 대책을 협의한 끝에 급속히 참다운 민족당을 조직하기로 결의하고 권동진·한용운 등의 찬동을 얻었으며, 북경에 있던 신채호에게 서신을 보내 발기인으로 참가하겠다는 동의를 얻었다. 그리고 당시 조선일보사 사주로서 일제 당국과 교섭력이 있던 신석우를 통해 표면상 총독부의 허가를 얻고, 강령·규약 작성 등 구체적인 조직 준비에 들어갔다.[65]

홍명희는 신간회 창립 직전 한 잡지에 「신간회의 사명」이라는 글을 기고하였다. 이 글에서 그는 당시 자치운동을 추진하던 민족개량주의자들을 암암리에 비판하고, 우리의 민족해방운동이 올바른 목표를 향해 매진하기 위해서는 "과학적 조직"과 "단체적인 행동"이 필요한바, 바로 거기에 신간회의 사명이 있음을 역설하였다. 신간회가 지향해야 할 노선을 그는 "민족운동만으로 보면 가장 왼편 길이나 사회주의운동까지 겸(兼)치어 생각하면 중간 길"이라고 규정하였다. 그런데 이처럼 좌·우 양 진영 사이에서 균형을 취하면서 다양한 세력을 규합하는 것은 지극히 힘든 작업이므로, 신간회운동의 성공을 위해서는 창립회원들의 "철 같은 확신과 불 같은 열성"이 필요하다는 것이다.[66]

신간회 창립대회는 1927년 2월 15일 종로 기독교청년회

관 대강당에서 성황리에 개최되었다. 홍명희는 결성 과정에서 핵심적인 역할을 한 것으로 알려진 관계로 부회장에 당선되었으나, 이를 고사하고 그 대신 실무직인 조직부 총무간사직을 맡았다. 초기 신간회에서는 조직 확대가 가장 시급한 과제였기 때문에, 지회 설립을 지원하는 업무를 주로 맡은 조직부의 총무간사는 특히 중요한 직위였다. 게다가 조사연구부 총무간사 안재홍이나 선전부 총무간사 이승복과 같이 절친한 인물들이 함께 총무간사회를 이끌어가게 되었으므로, 홍명희는 신간회에서 더욱더 의욕적인 활동을 펼칠 수 있게 되었다.

창립대회 이후 신간회가 조직 확대에 착수하자, 이에 호응하여 전국 각지에서 지회 설립이 활발하게 추진되었다. 그리하여 창립 1주년 만에 신간회는 지회 123개, 회원수 2만에 이르는 거대한 조직으로 급성장하였다. 신간회의 각 지회에서는 신간회를 선전하고 지역문제를 해결하려는 목적의 연설회를 개최하는 등 각종 계몽운동을 벌였으며, 소작쟁의나 노동쟁의에 개입하기도 하고, 언론·출판·집회·결사의 자유를 요구하기도 하였다. 신간회 본부의 간부들은 주로 지방 순회강연을 통해 이러한 지회 차원의 활동을 적극적으로 지원하였다.

본부 차원의 신간회 활동 중 가장 괄목할 만한 것은 광주학생운동을 전국적인 반일시위로 확대하기 위해 민중대회를 추진했던 일이다. 1929년 11월 광주학생사건이 발발하자 신간회 간부들은 광주학생사건의 진상을 폭로하고 민중들의 반일운동을 고무하기 위해 12월 13일 오후 2시 서울 번화가에서 대규모의 민중대회를 개최할 것을 결의하였다. 그러나 대회 당일 새벽 일경은 신간회 간부들을 대거 검거하고 본부 사무실을 수색하여 각종 인쇄물을 압수하였다. 그러자 홍명희는 몇몇 동지들과 비밀리에 만나 대책을 협의한 끝에 예정대로 민중대회를 개최하기로 의견을 모으고 구체적인 행동에 들어가기로 했다. 그러나 산회한 직후 홍명희 등 4명은 체포되고 말았으며, 그중 한 동지는 통지문을 우송하고 격문을 살포한 뒤 며칠 후 체포되었다.

결국 홍명희는 보안법 위반으로 징역 1년 6월을 선고받았고, 미결일수를 합해 만 2년 이상 복역한 후 1932년 1월 22일 가출옥으로 출감하였다.[67]

대하역사소설 『임꺽정』으로 문명을 떨치다

신간회를 위해 한창 활동하던 1928년 11월 21일부터 홍명희는 후일 그에게 불후의 작가적 명성을 가져다준 대하역사소설 『임꺽정』을 『조선일보』 지상에 연재하기 시작하였다. 그 이후 그는 무려 13년에 걸쳐 『임꺽정』 연재를 몇 차례 중단했다가 속개했는데, 이를 정리해보면 다음과 같다.

　　제1차 연재:『조선일보』, 1928. 11. 21~1929. 12. 26.
　　　　「봉단편」,「피장편」,「양반편」
　　　　─투옥으로 인해 제1차 장기 휴재(休載)─
　　제2차 연재:『조선일보』, 1932. 12. 1~1934. 9. 4.
　　　　「의형제편」
　　제3차 연재:『조선일보』, 1934. 9. 15~1935. 12. 24.
　　　　「화적편」'청석골'장
　　　　─신병으로 인해 제2차 장기 휴재─
　　제4차 연재:『조선일보』, 1937. 12. 12~1939. 7. 4.
　　　　「화적편」'송악산'장부터 '자모산성'장의 서두까지
　　　　─신병으로 인해 제3차 장기 휴재─
　　제5차 연재:『조광』, 1940. 10.
　　　　「화적편」'자모산성'장의 일부
　　　　─미완 (未完)으로 중단─

　제2차 연재가 시작된 1932년 이후 홍명희는『임꺽정』집필에 몰두하여, 1930년대의 그의 삶은 작가적 활동으로 집약될 수 있다. 반면 제1차 연재기인 1920년대 말은 그가 신간회운동으로 분주한 가운데 생계의 방편 겸 일종의 여기(餘

技)로『임꺽정』을 썼던 시기라 할 수 있다.

『임꺽정』 연재를 시작할 때 홍명희는 반드시 소설을 창작하려고 의도한 것은 아니었다. 홍명희가 신간회운동에 전념하고자 오산학교 교장직을 사임하여 생계가 막연해지자, 당시『조선일보』간부로 있던 신간회 동지 안재홍 등은 그에게 신문사에서 다달이 생활비를 제공하는 대신 "글을 무어든지 쓰라"고 종용했다고 한다.[68] 홍명희는 앞서『동아일보』재직시절에 동서고금의 지식을 기술한 칼럼을 연재하여 독자들의 인기를 모은 바 있으며 이를『학창산화』라는 단행본으로까지 출간했으므로, 조선일보사측에서는 아마도 그와 유사한 흥미로운 읽을거리를 기대했던 듯하다.

『임꺽정』 연재가 시작되기 며칠 전『조선일보』에는 "조선서 처음인 신강담(新講談)/벽초 홍명희씨 작(作)/임꺽정전"이라는 제하에 연재 예고가 실렸다. 여기에서는 "조선에 있어서 새로운 시험으로 신강담『임꺽정전』을 싣게 되었습니다"라고 하면서, "작자는 조선문학계의 권위요 사학계의 으뜸인 벽초 홍명희 선생이니 이 강담이 얼마나 조선문단에 큰 파문을 줄는지 추측되는 바"라고 선전하였다.[69]

본래 강담은 우리나라의 야담(野談)과 유사한 일본 전래의 구비문학의 일종으로서, 실록이나 전쟁담을 바탕으로 한 이야기를 대중을 상대로 구연하던 것이었다. 그런데 후대에 와서 그 구연 내용을 기록한 '속기(速記) 강담'과 작가가 창작한 이른바 '신강담'이 등장하여 새로운 대중적 역사물로 자리잡게 되었다. 1920년대 들어 우리 문단에서도 일부 문인들이 '야담' 또는 '강담'에 관심을 갖게 된 것은 조선시대 야담의 전통을 계승한 것이기도 했지만, 다른 한편 이 같은 일본의 신강담의 영향을 받은 것이기도 했다.[70]

한편 이 시기에는 식민지 치하에서 민족의 정체성을 추구하려는 노력의 일환으로 조선어와 조선사에 대한 대중의 관심이 높아지던 추세였다. 이렇게 볼 때 홍명희는 독자 대중에게 야사의 기록을 바탕으로 하여 조선사, 특히 조선의 민중사에 대한 흥미로운 읽을거리를 제공함으로써 계몽적인 효과를 얻을 수 있다고 판단했던 듯하다. 그리고 이는 유년 시절 이래 한학 수업과 광범한 독서를 통해 조선의 역사와 풍속·언어에 대한 해박한 지식과 남다른 조예를 지니고 있던 그에게 매우 적합한 과제였던 셈이다.

물론 그렇다고 해서 홍명희가 연재 시작 당시 『임꺽정』을 역사소설이 아니라 순전히 강담 형식으로 쓰고자 했던 것은 아니다. 『임꺽정』「머리 말씀」에서 "삼십지년 할 일이 많은 몸으로 고담(古談) 부스러기 가지고 소설 비슷이 써내게 되는 것"[71] 운운한 점으로 미루어보면, 연재 초기에 홍명희는 강담과 역사소설 사이에서 뚜렷한 형식을 정하지 못한 채 집필을 시작했던 듯하다.

「봉단편」, 「피장(皮匠)편」, 「양반편」은 『임꺽정전』이라는 제목으로 1928년 11월 21일부터 1929년 12월 26일까지 300여 회에 걸쳐 연재되었다.[72] 여기에서는 임꺽정을 중심한 화적패가 아직 결성되기 이전인 연산조의 갑자사화(甲子士禍, 1504년)로부터 명종조의 을묘왜변(乙卯倭變, 1555년)에 이르는 50여 년간의 시대상황을 광범하게 묘사하고 있다. 즉 도처에서 화적패가 출몰하지 않을 수 없도록 어지러웠던 그 시대 지배층의 정치적 혼란상을 소상히 그리는 한편, 임꺽정의 특이한 가계와 성장과정을 보여주고 있다.

당시에는 물론 오늘날까지도 우리나라 역사소설들은 대부분 지배층의 인물을 주인공으로 하여 궁중비화나 권력투쟁을 다룸으로써 통속적인 흥미를 자아내려고 한다. 그리고 유명한 역사적 인물의 전기 형식을 취함으로써 역사의 주체를 민중이 아닌 위대한 개인으로 보는 영웅사관을 답습하고 있다. 이와 달리 『임꺽정』은 천민인 백정 신분의 인물 임꺽정을 주인공으로 한 점에서 식민지시기의 역사소설 중 극히 예외적인 작품이라 할 수 있다. 그러한 주인공을 선택한 데에는 역사의 주체는 민중이라 보는 홍명희의 진보적 역사관과, 역사소설은 '궁정비사'(宮庭秘史)를 배격하고 민중의 사회사를 지향해야 한다는 그의 진보적 역사소설관이 작용한 것이다.

한편 『임꺽정』을 처음 읽는 독자들은 소설의 제목이 임꺽정임에도 불구하고 서두 부분에 임꺽정이 등장하지 않는 데에 의아한 느낌을 받기 쉽다. 이광수의 『단종애사』의 서두가 왕세손인 단종의 탄생을 세종에게 아뢰는 장면에서부터 시작되듯이, 『임꺽정』도 으레 임꺽정의 출생으로 시작하는 일대기 형식으로 전개되리라 기대하는 것이 역사소설에 대한 한국인들의 일반적인 통념이다. 그러나 『임꺽정』에는 제1권인 「봉단편」이 다 끝날 때까지도, 임꺽정의 출생 이전인 연산군 시대를 배경으로 하여 홍문관 교리 이장곤과 그의 처가 된 백정의 딸 봉단이 이야기만 전개되고 있는 것이다.

이 점과 관련하여 홍명희는 『임꺽정』 「의형제편」 연재에 앞서 기고한 작가의 말에서 다음과 같이 밝힌 바 있다.

내가 처음 『임꺽정전』을 쓸 때에 복안을 세운 것이 있었습니다. 첫편은 꺽정의 결찌의 내력, 둘째편은 꺽정의 초년일, 셋째편은 꺽정의 시대와 환경, 넷째편은 꺽정의 동무들, 다섯째편은 꺽정이 동무들과 같이 화적질하던 일, 끝편은 꺽정의 후손의 하락, 도합 여섯편을 쓰되 편편이 따로 떼면 한 단편으로 볼 수 있도록 쓰려는 것이었습니다.[73]

이러한 애초의 구상에 따라 「봉단편」은 '격정의 결찌' 즉 그의 친척들의 내력을, 「피장편」은 '격정의 초년 일' 즉 그의 성장 과정을, 「양반편」은 '격정의 시대와 환경' 즉 중종 말부터 명종대에 이르는 양반사회의 정쟁을 그리게 된 것이다. 이와 같이 작가가 이 세 편에서 임꺽정의 본격적인 활동 이전의 사회 현실을 일견 장황할 정도로 폭넓게 그려 보인 것은, 역사적 인물인 임꺽정의 등장을 위해 필수적인 사전 준비를 튼실히 한 셈이다.

또한 「봉단편」, 「피장편」, 「양반편」에는 조광조 · 토정 이지함 · 황진이 · 율곡 이이 등 임꺽정과 동시대의 저명 인물들이 숱하게 출현하며, 임꺽정이 스승 갖바치를 따라 백두산에서부터 한라산에 이르는 우리 국토를 순례하는 과정에서 조선의 명승지가 두루 소개되고 있다. 이처럼 소설 속에 역사상의 수많은 인물들을 등장시키고 주인공으로 하여금 전국 각처를 순례하도록 한 것은, 일제의 민족교육 말살정책에 맞서 조선의 지나간 역사와 국토에 대한 대중의 관심을 환기하고자 한 작가의 의도적인 조치였다고 생각된다.[74]

다만 1930년대에 연재된 「의형제편」과 「화적편」에 비해 볼 때, 이 세 편은 지나치게 많은 인물들이 등장하고 사건이 빠르게 진행되어 소설적 형상화가 다소 불충분하게 이루어진 것은 사실이다. 이는 야사의 기록에 크게 의존한 결과로서, 연재 초기에 작가가 강담과 역사소설 사이에서 장르를 확정하지 못한 채 어정쩡한 태도로 창작에 임한 때문이라 하지 않을 수 없다. 그러므로 홍명희도 「의형제편」 연재 직전 작가의 말에서 후일 「봉단편」, 「피장편」, 「양반편」을 수정·출판할 의도임을 분명히 하였다.[75]

그러나 작품이 계속 연재되어가는 동안 홍명희는 그 자신의 내부에 잠재되어 있던 소설가로서의 천분을 발휘하기 시작하여, 사실적인 생활환경 묘사, 등장인물의 개성적 형상화, 우리말의 맛을 살린 빼어난 대화 등 강담에서는 기대할 수 없는 역사소설의 묘미를 보여주었다. 게다가 주인공의 등장과 더불어 작품의 본 줄거리가 전개되면서 뚜렷한 소설적 골격을 갖추게 됨으로써, 『임꺽정』은 야담적인 요소들을 점차 불식하고 본격적인 역사소설의 궤도에 성공적으로 진입하게 된다.

『임꺽정』의 신문연재 1회분은 200자 원고지로 13매 가량이나 되었으므로, 본시 구상에 완벽을 기하고 문장에 대한 결벽이 심한 홍명희로서는 날마다 그만한 분량을 써낸다는 것이 결코 쉬운 일이 아니었을 것이다. 더욱이 당시 그는 신간회운동으로 분주하여 창작에만 전념할 수 없는 상황이었다. 따라서 홍명희는 흔히 사랑방에 가득 모여 있는 방문객들에게 잠시 담소하며 기다리라 해놓고는, 한 켠에서 『임꺽정』다음회분 원고를 쓰기도 했다고 한다. 그런데 이처럼 경황 없는 중에 써낸 부분도 스토리의 전후가 어긋난다든가 문장이 흐트러진 대목이 전무하여 주위 사람들의 찬탄을 불러일으켰다는 것이다.[76]

『임꺽정』은 남녀노소를 불문하고 수많은 독자들에게 인기를 끌었으므로, 하루라도 휴재가 되면 독자들의 항의 전화와 투서가 답지하여 신문사에서는 곤욕을 치를 지경이었다. 1929년 12월 13일 홍명희가 신간회 민중대회사건으로 돌연 검거되자, 인기 연재소설이 중단될 위기에 처한 조선일보사 측에서 당국과 교섭을 벌였다. 그 결과 홍명희는 며칠 동안 경기도 경찰부 유치장에서 『임꺽정』 집필을 계속할 수 있었다.[77] 그러나 홍명희가 그해 12월 24일 구속되어 서대문형무소 구치감에 수감되자, 『임꺽정』 연재는 결국 중단되고 말았다.

유치장에서 씌어진 『임꺽정』 제1차 연재분의 마지막 대목은 공교롭게도 소제목이 '왜변'으로서, 을묘왜변에 출정한 이봉학이 왜구와 접전하는 장면을 그리고 있다. 신간회 민중대회사건으로 인해 검거된 몸으로 일제의 경찰 유치장에서 바로 이 대목을 구상하고 집필하던 당시 홍명희의 항일의식과 울분을 넉넉히 짐작할 수 있다고 하겠다.

『임꺽정』 제2차 연재는 홍명희가 출옥한 후인 1932년 12

월 1일부터 시작되었다. 앞서 홍명희가 검거되어 연재가 중단된 1929년 12월 말 당시 『임꺽정』은 전10권 중 3권 분량에 해당하는 「봉단편」, 「피장편」, 「양반편」의 연재가 거의 끝나가고 있었다. 중단 후 만 3년 만에 『임꺽정』 제2차 연재를 시작하면서 홍명희는 앞서 중단된 「양반편」의 마지막 대목을 완결하지 않은 채, 「의형제편」이라는 편명으로 전혀 새로운 이야기를 풀어나가기 시작하였다.

「의형제편」은 단행본으로 3권 분량에 해당하는 방대한 내용으로서, '박유복이', '곽오주', '길막봉이', '황천왕동이', '배돌석이', '이봉학이', '서림', '결의'의 8장으로 이루어져 있다. 여기에서는 후일 임꺽정의 휘하에서 화적패의 두령이 되는 주요인물들이 각자 양민으로서의 삶을 포기하고 화적패에 가담하기까지의 경위를 그리고 있다. 『임꺽정』의 각 편을 저마다 독립된 작품으로도 읽힐 수 있게끔 자기완결적인 구성으로 써내려가려 한 홍명희의 의도는 연재가 진행되어 갈수록 강화되어, 「의형제편」, 「화적편」에 이르면 각 편은 물론 그에 소속된 개개의 장(章)까지도 한 편의 완결된 소설로 보아도 좋을 만큼 독립적인 구성을 지니게 되었다.[78)]

「봉단편」, 「피장편」, 「양반편」을 쓰는 동안 일종의 습작기를 거친 홍명희는, 「의형제편」을 쓸 당시에는 작가로서 전성기에 도달했다고 해도 과언이 아닐 만큼 예술적 기량이 성숙해 있었다. 게다가 당시 홍명희는 시대적 한계에 부딪쳐 신간회운동과 같은 민족·민중의식의 정치적 실천을 추구하는 것을 포기한 대신, 그러한 의식을 문학을 통해서나마 구현하고자 혼신의 힘을 기울여 창작에 임하였다.

그 무렵 홍명희를 가끔 방문한 적이 있다는 조용만의 증언에 의하면 홍명희는 손님과 대좌해서 이야기를 주고받다가, 깔고 앉은 방석 밑에 넣어두었던 소설 원고를 꺼내어 몇 자 고쳐 쓰고 또다시 그 방석 밑으로 소설 원고를 집어넣곤 하였다. 그런 식으로 고치고 또 고친 원고가 신문에 난 것을 보면 물 흘러가는 것 같이 술술 내려가는 문장이 되어 있었다는 것이다.[79]

따라서 이 시기에 연재된 「의형제편」은 구성과 문체, 인물의 형상화, 대화 및 디테일 묘사 등 모든 면에서 탁월한 수준을 보여주고 있다. 야담식의 서술이 상대적으로 큰 비중을 차지하고 있던 「봉단편」, 「피장편」, 「양반편」에 비해 「의형제편」은 구체적인 묘사 위주로 전개되고 있으며, 지배층의 이야기가 적어진 반면 하층민의 일상생활에 관한 묘사가 대부분을 차지하고 있다. 「의형제편」 각 장의 주인공 격인 두령들은 다종다양한 신분의 하층민들로 설정되어 있다. 그런데 작가는 이러한 인물들이 화적이 되기까지의 인생 역정을 사건 위주의 직선적인 필치로 서술해나가는 것이 아니라, 그

사건들의 도중에 등장인물들이 스쳐지나가는 사소한 일상적 장면들을 놀랍도록 면밀하고 생생하게 그려내고 있다.

또한 홍명희가 『임꺽정』 제2차 연재 당시 기고한 작가의 말에서 『임꺽정』을 쓸 때 "조선 정조에 일관된 작품"을 목표로 했다고 고백한 데서도 알 수 있듯이,[80] 「의형제편」은 조선 고유의 언어와 풍속, 정서를 풍부하게 표현하여 민족문학적 개성을 탁월하게 성취한 『임꺽정』의 특징을 가장 두드러지게 보여주고 있다. 따라서 「의형제편」은 『임꺽정』이 지닌 사실주의적이자 민중적이며 민족문학적인 특성을 가장 잘 구현하고 있는 부분으로 평가된다.

1934년 9월 4일 「의형제편」 연재가 끝났으며, 9월 15일부터 『임꺽정』 제3차 연재가 시작되었다. 「봉단편」부터 「의형제편」까지 연재 시의 작품 제목은 "임꺽정전"이었으나, 이번에는 "화적 임꺽정"이라는 제목으로 『임꺽정』「화적편」의 서두인 '청석골' 장 부분이 연재된 것이다.

종전에도 휴재가 잦지 않은 것은 아니었지만, 이번 연재에는 더욱 휴재가 빈번하여, 460여 일 동안에 140회 가량이 연재된 데 지나지 않았다. 특히 1935년에는 홍명희가 신병으로 인해 금강산 등지에서 요양을 하느라 5개월 이상이나 휴재하였다. 게다가 그와 같이 간헐적으로 이어지던 연재마저도 작가의 병환으로 인해 1935년 12월 24일자로 결국 중단되고 말았다.

현재 3권 남짓한 분량으로 되어 있는 『임꺽정』 「화적편」 중 첫째 권에 해당하는 '청석골' 장은 임꺽정의 화적패가 본격적으로 결성된 이후의 활동을 다루고 있다. 여기에서 청석골 화적패의 대장으로 추대된 임꺽정은 상경하여 서울 와주(瓦主) 한온의 집에 머물면서 기생과 정을 맺고 세 명의 첩을 맞아들이는 등 외도 행각을 벌이다가, 처자의 성화에 못 이겨 귀가하게 된다.

「화적편」의 초두 부분은 형식 면에서는 「의형제편」보다도 더욱 원숙한 수준을 보여주고 있다. 그러나 내용 면에서 보면 이와 같이 민중생활에 밀착된 묘사에서 일탈하여 의외의 사건으로 이야기가 빗나가고 있을 뿐 아니라, 사건 진행이 지나치게 느려지고 있음을 발견하게 된다. 이러한 비판의 소지가 있을 만큼 「화적편」 '청석골' 장이 내용상 궤도 이탈의 조짐을 보이게 된 것은, 이 시기 홍명희가 질병과 가난에 시달리는 한편 사회적 전망을 점차 잃어가게 된 사정과도 무관하지 않을 것이리라 생각된다.

1937년 12월 12일부터 『조선일보』에 『임꺽정』 제4차 연재가 시작되었다. 신병으로 인해 약 2년간 『임꺽정』 연재를 중단했던 홍명희는 이 무렵에야 연재소설 집필을 감당할 만큼 건강이 회복되었던 듯하다. 제4차 연재에 앞서 『조선일보』에서는『임꺽정』에 대한 찬사를 담은 한용운·이기영·박영회·이극로 등 여러 저명 문인·학자들의 글을 포함한 대대적인 예고 기사를 실어, 그간 연재 재개를 학수고대해온 독자들의 여망에 부응할 수 있게 되었음을 알렸다.[81]

연재 초기에는 "임꺽정전", 「화적편」'청석골'장 연재 시에는 "화적 임꺽정"이었던 작품 표제가 이제 비로소 "임꺽정"으로 확정되었다.『임꺽정』제4차 연재분은 단행본 2권 남짓한 분량으로, 「화적편」의 '송악산', '소굴', '피리', '평산쌈'장과 미완성된 '자모산성'장의 서두 부분이 이에 해당한다.

'송악산'장은 청석골 두령들이 송도 송악산에 가족 동반으로 단오굿 구경을 갔다가 겪게 되는 모험을 그린 내용이다. 이어지는 '소굴'장은 임꺽정 일당이 가짜 금부도사 행세를 하는 등 갖가지로 관원들을 괴롭히는 이야기이며, '피리'장은 청석골에 납치된 단천령(端川令)이 신기(神技)에 가까운 피리 솜씨로 화적패들을 감동시킨 일화를 묘사하고 있다. 그리고 '평산쌈'장은 봉산 군수를 살해하려고 출동한 청석골 화적패가 책사(策士) 서림의 배신으로 위기에 빠졌다가 탈출하는 이야기이며, 마지막의 '자모산성'장은 화적패들이 관군의 대대적인 토벌을 피해 자모산성으로 일시 피난하는 내용으로 되어 있다.

『임꺽정』제4차 연재를 시작하면서 홍명희는 앞서「화적

편」'청석골'장 연재 시에 보이던 다소의 지리멸렬함과 피로의 흔적을 씻고, 경쾌하고도 아기자기한 필치로 사건을 그려 나가고 있다.「봉단편」,「피장편」,「양반편」은 야사를 많이 수용했고,「의형제편」은 민담의 모티브를 부분적으로 끼워 넣었으되 각기 그 나름대로 작가의 상상력이 많이 개입했던 것과 달리,「화적편」은 사건의 골격이 대부분 정사인『명종실록』과 임꺽정에 대한 야사의 기록에 의거하고 있다.[82]

이처럼 가장 기본적인 사료인 실록에 의거한 흔적이「화적편」에만 나타나는 것은 홍명희가 그 부분을 연재할 무렵에 비로소『조선왕조실록』을 열람할 수 있었기 때문이다.『조선왕조실록』은 왕실에서 편찬한 귀한 사료인 까닭에 조선시대는 물론 일제 식민지시기에 들어서서도 오랫동안 일반인은 접할 수 없는 문헌이었다. 그러던 중 1929년부터 1932년 사이에 원본을 4분의 1로 축쇄한 사진판 영인본이 제작되었다.[83] 이로써 처음으로 제한된 범위에서나마 민간인들이 실록을 열람할 수 있는 여건이 이루어졌고, 그 덕분에『임꺽정』은 한국 근대소설 중 최초로 실록을 수용하여 집필된 역사소설이 된 것이다.

홍명희가『조선왕조실록』을 본 것은『임꺽정』두 번째 연재가 진행 중이던 1933, 4년경이었으리라 짐작된다. 그에 따라 1934년 9월부터 연재되기 시작한「화적편」'청석골'장은 그 핵심적인 사건의 골격이 서울의 장통방(長通坊)에서 임꺽정을 잡으려다 놓치고 처자와 부하 몇 명만 잡았다는 『명종실록』의 기사에 의거하여 구상된 것이다.

실록에 의거한 결과, 『임꺽정』은 「화적편」에 이르러 진정한 의미에서 근대적 역사소설이자 리얼리즘 소설로서의 성격이 뚜렷해지게 되었다. 게다가 「화적편」에서 작가는 사건마다 몇 줄에 불과한 간단한 사료를 바탕으로 대단히 구체적이고 생생하며 빈틈없이 짜여진 이야기를 만들어내는 탁월한 기량을 보여준다. 딱딱한 사료들이 이질감을 주지 않고 소설 속에 완전히 녹아들어 있는 것이다.[84]

그런데 한동안 착실히 연재되던 『임꺽정』은 1939년 들어차차 휴재가 빈번해지다가, 1939년 7월 4일 '자모산성'장의 서두 부분에서 연재가 중단되었다. 게다가 『임꺽정』 연재가 중단된 이듬해인 1940년 8월에는 『조선일보』가 일제에 의해 강제 폐간되고 말았다. 그러자 『임꺽정』은 『조선일보』의 자매지인 잡지 『조광』으로 지면을 옮겨, 1940년 10월호에 제5차로 「화적편」 '자모산성(하)'가 게재되었다. 그러나 잡지사측의 간절한 바람에도 불구하고 『조광』지에 단 1회 발표되었을 뿐, 그 이후 『임꺽정』 연재는 영원히 중단되고 말았다.

1939년 홍명희가 『임꺽정』 제4차 연재를 중단하고, 그 후 『조광』지에 재개한 연재마저 중단하고 만 것은 일차적으로 그의 건강이 여의치 못했기 때문이었던 것으로 보인다. 그러나 그가 『조광』지의 연재를 단 1회로 마감하고 만 데는, 이 잡지가 1940년부터 당시 다른 잡지들과 마찬가지로 일제의 강압에 의해 점차 친일적인 논조로 기울어져갔던 사정과도 관련이 있었으리라 추측된다. 게다가 홍명희가 어느 지면에든 『임꺽정』 연재를 계속했더라면, 그는 당시 저명한 인사들에게 저술이나 강연 등을 통한 적극적인 친일행위를 강요하던 일제 당국의 압박을 물리치기가 한층 더 어려웠을 것이다.

이러한 원인 이외에도, 홍명희가 그의 필생의 역작이라 할 『임꺽정』의 완성을 포기하고 만 또 하나의 중요한 원인은 당시의 엄혹한 현실에 대한 그의 비관과 절망에서 찾을 수 있으리라 본다. 『임꺽정』은 홍명희가 1930년대 들어 더 이상의 사회운동을 단념한 대신 문학을 통해 자신의 열정을 분출하려는 자세로 집필한 작품이기에, 당시 대부분의 역사소설들에서는 찾아보기 힘든 투철한 민중성과, 민족적 정서의 완미한 표현, 그리고 우리 고유 언어의 풍부함과 아름다움을 유감없이 보여주고 있다. 그러나 민족해방의 전망이 극히 암울해진 1940년대의 상황에 직면하자, 홍명희는 그러한 문학적 창작행위에 대해 일체의 의의를 느끼지 못하게 되었던 듯하다.

『임꺽정』 제4차 연재가 중단된 직후인 1939년 10월 조선일보사출판부에서 전8권 예정으로 단행본 『임꺽정』 제1권이 출간되었다. 그리하여 이듬해 2월까지 4권이 간행되었는데, 제1·2권은 각각 「의형제편」 상·하, 제3·4권은 「화적편」 상·중에 해당하는 부분이었다. 조선일보사의 광고에서는 제5권은 「화적편」 하, 제6·7·8권은 각각 「봉단편」, 「갓바치편」, 「양반편」으로서, "매월 20일 1회 1권씩 간행"이라 예고했으나,[85] 실제로는 더 이상 간행되지 못하고 말았다. 이는 작가 홍명희가 「화적편」의 마지막권을 완성하고 「봉단편」, 「갓바치편」, 「양반편」을 수정·보완하는 작업을 해내지 못했기 때문이다.

『임꺽정』 단행본 출판은 우선 그 규모 면에서 한국 근대소설 출판사상 획기적인 일이었다고 할 수 있다. 조선일보사출판부 간 『임꺽정』 초판은 각 권이 600페이지가 넘을 뿐 아니라, 비록 완간되지는 못했지만 전8권 분량으로 한 작품을 출판하려 한 것은 식민지시기 국내 출판계의 실정으로 보아 상상하기 힘든 대규모의 기획이었던 것이다. 게다가 『임꺽정』 출간 후 『조선일보』에는 이례적으로 이광수·박종화·이기영·한설야·김동환·이효석·김남천 등 여러 문인·학자들의 추천사가 포함된 대규모의 광고가 여러 차례 실렸다.[86]

『임꺽정』이 연재 초기부터 독자들의 열렬한 호응을 받았던 사실과도 무관하지 않겠지만, 조선일보사측에서는 시종일관 홍명희에게 각별한 대우를 했던 것으로 보인다. 1933

년 방응모가 신문사 경영권을 인수한 후에도 그는 홍명희를 예우하여 개인적인 친분을 두텁게 유지했을 뿐 아니라 경제적으로도 종종 도움을 주었다고 한다.[87] 그러나 『임꺽정』은 몇 차례나 연재가 중단되었을 뿐 아니라 연재되는 동안에도 휴재가 잦았으므로, 그 원고료만으로는 대가족의 생계를 해결하기에 부족했을 것이다. 그러한 형편에서 『임꺽정』단행본 출간은 그에게 일제 말의 궁핍한 생활을 버텨나갈 수 있는 최소한의 경제적 기반을 제공했을 것으로 추측된다.

단행본 출간은 『임꺽정』의 문학적 가치에 대한 문단의 인식을 결정적으로 달라지게 했다는 점에서 매우 중요한 의의를 지닌다. 우리 소설사에서 1920년대에는 단편소설이 주류를 이루고 있었으며, 몇몇 중요한 장편소설들이 발표되면서 장편소설과 리얼리즘에 대한 관심이 확산된 것은 1930년대 후반에 들어서였다. 특히 1938년경부터 장편소설론과 리얼리즘론이 평단의 중심 논제가 되자, 『임꺽정』은 뒤늦게나마 주목의 대상으로 떠오르게 되었다. 그러나 대부분의 문인들이 연재 당시 『임꺽정』을 통독하지 않았던데다가, 과거에 읽은 부분마저도 오래되어 기억이 희미해진 실정이었다.[88] 그러므로 단행본 출간 이후 많은 동시대 문인들이 『임꺽정』을 통독하고 그 예술적 진가를 확인하게 됨에 따라, 『임꺽정』은 비로소 확고한 명성과 문학사적 지위를 획득하기에 이르렀던 것이다.

오늘날 20세기 한국문학을 대표하는 고전적 명작으로 평가되고 있는 『임꺽정』의 특징과 문학사적 의의를 정리해보면 다음과 같다.

첫째로, 『임꺽정』은 무엇보다도 우선 그 민중성과 리얼리즘의 면에서 탁월한 작품이라 할 수 있다. 대부분의 우리나라 역사소설들은 지배층의 인물들을 주인공으로 하여 궁중비화나 권력투쟁을 다룸으로써 통속적인 흥미를 자아내려고 한다. 그리고 유명한 역사적 인물의 전기 형식을 취함으로써 역사의 주체를 민중이 아닌 위대한 개인으로 보는 영웅사관을 답습하고 있다. 이와 달리 『임꺽정』은 주인공 임꺽정을 비롯하여 다양한 신분의 하층민들을 등장시켜, 당시의 민중생활을 폭넓게 묘사하고 있다. 또한 의도적으로 임꺽정의 전기 형식을 피하고, 청석골의 여러 두령들도 그에 못지않게 큰 비중을 지닌 인물로 그리고 있다. 이와 아울러 주목할 것은 주인공을 결코 영웅으로 미화하지 않은 점이다. 임꺽정은 휘하의 두령들과 마찬가지로 남다른 능력과 함께 인간적인 약점도 지닌 인물로 그려져 있는 것이다.

서양의 리얼리즘소설에 비해볼 때 우리나라 역사소설들은 등장인물들의 일상적인 삶과 생활환경을 구체적으로 묘사하는 데 둔하다고 지적된다. 그런데 『임꺽정』은 식민지시기는 물론 오늘날의 역사소설들에 비해서도 타의 추종을 불허할 만큼 세부 묘사가 정밀하고, 조선시대의 풍속을 탁월하게 재현하고 있다. 다양한 계층의 인간들이 등장하여 밥 먹고, 옷 입고, 뒤 보고, 배탈 나고, 장기 두고, 아기자기한 부부의 정을 나누는 등 지극히 일상적인 생활에 대한 묘사가 매우 풍부하여, 그 자체만으로도 독특한 흥미를 불러일으킨다.

둘째로, 『임꺽정』은 '조선 정조(情調)'를 적극 표현함으로써 민족문학적 개성을 탁월하게 성취한 작품이다. 홍명희는 『임꺽정』을 집필하면서 "『임꺽정』만은 사건이나 인물이나 묘사로나 정조로나 모두 남에게서는 옷 한 벌 빌려 입지 않고 순조선 거로 만들려고 하였습니다. '조선 정조에 일관된 작품' 이것이 나의 목표였습니다"라고 밝힌 바 있다.[89] 이러한 작가의 의도에 따라 『임꺽정』은 서구 리얼리즘소설의 예술적 성과를 충분히 흡수하고 있으면서도, 이야기 투의 문체를 취하여 구수한 옛날 이야기의 한 대목을 듣는 듯한 친숙한 느낌을 준다. 그리고 전래의 민담이나 전설 등이 적재적소에 삽입되어 흥미를 돋우고 있으며, 관혼상제, 세시풍속, 무속 등 조선시대의 풍속들이 다채롭게 묘사되어 있다. 또한 동시대의 여러 학자·문인들이 찬탄한대로 『임꺽정』에는 한문 투 아닌 우리 고유의 인명이나 지명, 토속적인 고어와 속담들이 풍부하게 활용되고 있다.

뿐만 아니라 『임꺽정』의 등장인물들은 결코 현대인들처럼 그려져 있지 않고, 어디까지나 조선시대 우리 민족의 전통적인 모습을 간직하고 있다. 그들은 순박하고 인정이 넘치며 밑바닥 삶의 고난을 해학으로 넘기는 민중적 지혜를 지닌 인물들로 묘사되어 있는 것이다. 박종화가 『임꺽정』에는 조선 사람이라면 잊어버릴 수 없는 "구수한 조선 냄새"가 배어 있다고 한 것[90]은 정곡을 얻은 말이라 하겠다.

셋째로, 『임꺽정』은 프로 문학과 민족주의 문학의 대립을 지양한 작품이라 할 수 있다. 『임꺽정』 연재가 시작되던 1920년대 후반 우리 문단에서는 좌·우 양 진영의 문학이 첨예하게 대립하고 있었다. 이는 당시 국내의 사회운동이 사회주의와 민족주의 노선으로 분열 대립하고 있던 것과 상응하는 현상이었다. 바로 이 시기에 홍명희는 신간회운동을 통해 비타협적 민족주의자와 사회주의자 간의 민족협동전선을 추구했듯이, 『임꺽정』을 통해 프로 문학과 민족주의 문학의 대립을 넘어선 진정한 민족문학을 제시하고자 한 것이라 볼 수 있다.

연재 초기에 홍명희는 "임꺽정이란 옛날 봉건사회에서 가장 학대받던 백정계급의 한 인물이 아니었습니까. 그가 가슴에 차 넘치는 계급적 ○○(분노)의 불길을 품고 그때 사회에 대하여 ○○(반기)를 든 것만 하여도 얼마나 장한 쾌거였습니까"라고 하면서, 이러한 인물은 "현대에 재현시켜도 능히 용납할 사람"이라고 주장하였다.[91] 그는 계급 모순에 저항하는 임꺽정의 반역자적인 면모에 강한 매력을 느껴 창작에 임한 것이다. 그 점에서 『임꺽정』은 계급의식의 표현을 중시하던 당시의 프로 문학과 다분히 친화성을 지닌 작품이라 할 수 있다.

그러나 다른 한편 홍명희는 『임꺽정』에서 '조선 정조에 일관된 작품'을 의도하였다. 그 결과 이 작품은 하층 민중의 삶을 중심으로 하면서도 이를 포함한 민족공동체의 아름다운 전통을 적극 재현함으로써, 민족문학적 색채가 농후한 역사소설이 된 것이다. 이렇게 볼 때 『임꺽정』은 식민지시기 프로 문학과 민족주의 문학의 대립을 지양하고 양자의 장점을 종합한 작품으로 높이 평가될 만하다. 홍명희는 신간회운동을 추진하던 그 정신으로 『임꺽정』을 창작했다고 볼 수 있다. 이 작품이 당시 좌·우를 막론한 전 문단으로부터 찬사를 받은 것도 바로 그 때문이라 생각된다.

넷째로, 『임꺽정』은 동양문학의 전통을 계승하면서도 아울러 서양 근대문학의 성과를 충분히 섭취한 작품이라는 점에서도 주목되어야 할 것이다. 『임꺽정』이 우리나라와 중국의 고전문학으로부터 영향받은 측면에 대해서는 이미 여러 연구자들이 지적한 바 있다. 『수호지』나 『홍길동전』과 같은

의적소설의 계보에 속하며, 독립된 이야기들이 모여 한 편의 대하장편소설을 이루는 구성방식이 『수호지』와 유사하고, 야담과 야사에서 소재를 취했으며, 이야기 투의 문체를 구사하고 있다는 것이다.[92] 홍명희는 소년시절부터 『삼국지』를 비롯한 중국소설들을 탐독했으며, 당대의 유수한 한학자로서 평소 많은 한문서적들을 섭렵하였다. 이와 같은 남다른 소양이 『임꺽정』의 창작에 큰 도움을 주었음은 물론이다.

그러나 이러한 측면을 지나치게 강조하다보면 『임꺽정』이 성취한 근대적인 장편소설로서의 예술성을 간과하기 쉽다. 등장인물을 각 계층의 전형으로서 형상화하고, 서술적 설명이 아니라 장면 중심의 객관적 묘사에 치중하며, 극도로 치밀한 세부 묘사를 추구한 점 등은 우리 고전소설의 전통에서는 찾아보기 힘든 요소로서, 서구 리얼리즘소설의 성과를 섭취한 결과로 보아야 할 것이다. 홍명희는 일찍이 일본 유학 시절부터 도스토예프스키 · 톨스토이 등의 러시아소설들을 탐독했으며, 나쓰메 소세키나 일본 자연주의 작가들의 소설도 많이 읽었다. 특히 러시아소설에 심취하여 당시 일역된 러시아 작가의 작품들을 모조리 사 모았을뿐더러, 러시아에 유학하여 그 나라 문학을 본격적으로 연구하고자 한때 러시아어까지 배웠다고 한다. 또한 1930년대에 홍명희는 당시 부르주아 리얼리즘소설의 고전으로 재평가되던 발자크 전집

도 독파했다고 한다.[93]

이렇게 볼 때 『임꺽정』이 식민지시기의 어떤 소설보다도 근대 리얼리즘소설의 원리에 충실한 작품이 된 것은 결코 우연이 아니라 하겠다. 홍명희의 술회에 의하면, 흔히 『수호지』의 영향을 받은 것으로 간주되는 『임꺽정』의 독특한 구성 방식조차도 실은 러시아 작가 알렉산더 쿠프린의 작품에서 힌트를 얻은 것이라 한다.[94] 그러므로 『임꺽정』에 대해 우리 고전문학의 전통을 계승한 측면만을 들어 그 가치를 운위하는 것은 온당한 태도가 아니라고 생각된다. 『임꺽정』은 동양 고전문학의 전통과 서양 근대문학의 성과를 훌륭하게 통합한 점에서도 높이 평가되어야 할 것이다.

1930년대 문필활동의 이모저모

홍명희는 『임꺽정』 연재 기간에는 물론 휴재기간에도 『조선일보』와 그 자매지인 『조광』에 문학평론 · 논문 · 칼럼 · 대담 등 다양한 형태의 글들을 발표하였다. 1920년대 말부터 홍명희는 신간회 간부들이 다수 재직하고 있어 '신간회 자매지'로 알려진 조선일보사와 각별한 관계에 있었거니와, 이러한 관계는 1933년 방응모가 사주가 된 이후 1940년 『조선일보』가 강제폐간될 때까지도 꾸준히 지속되었다. 특히 1932년 말 조선일보사에 입사한 장남 홍기문이 1934년 말부터 1939년 초까지 학예부장으로 재직함에 따라, 그의 종용에 못 이겨서인 듯 홍명희는 건강이 좋지 못하던 휴재기간에도 『조선일보』에 길고 짧은 글들을 종종 발표하였다.

1930년대에 홍명희가 발표한 글들 중 문학평론으로서 주목할 만한 것은, 톨스토이 사후 25주년을 기념하여 『조선일보』에 8회에 걸쳐 연재한 평론 「대(大) 톨스토이의 인물과 작품」[95]이다. 이 글은 홍명희 자신이 톨스토이 문학에 접하게 된 경위를 소상히 밝히면서 톨스토이 문학의 가치를 정확하고도 구체적으로 논한 평론으로, 그의 사실주의적 문학관과 아울러 서양 근대문학에 대한 남다른 식견이 드러나 있는 점에서 특기할 만하다.

여기에서 홍명희는 우선 톨스토이의 정신적 특징에 대한 로망 롤랑의 견해를 비판적으로 소개하면서, "탁월한 예술적 천품"과 "예민한 종교적 양심"이 빚어낸 상극과 모순을 극복하려고 노력 분투한 데 톨스토이의 진정한 위대함이 있었다고 본다. 이어서 그는 톨스토이의 사상적 변화를 그 시대적 배경과 관련하여 설명하고, 톨스토이 문학의 위대성을 철두철미한 리얼리즘 정신에서 찾고 있다. 그리고 그의 대표작으로 『전쟁과 평화』, 『안나 카레니나』, 『부활』을 들고, 특히 『부활』에 대해 재미있는 관련 일화들을 소개하면서 비교적 상세하게 논하고 있다.

당시 일본 문단의 영향이었겠지만, 그 무렵 국내에서는 톨스토이 사망 25주년을 기념하여 각 신문과 잡지에서 대대적인 특집을 다투어 기획하였다. 그 일환으로 발표된 이광수 · 이태준 · 임화 · 함대훈 등 여러 문인들의 톨스토이론과 비해 볼 때, 홍명희의 글은 톨스토이에 대해 훨씬 더 풍부한 자료들을 구사하면서 자기 나름의 견해를 도출하고 있는 점에서 단연 특출함이 드러난다. 이는 홍명희가 일찍이 일본 유학시절 러시아문학에 심취한 이후 톨스토이의 작품들을 꾸준히 수집 · 탐독해온 덕분일 것이다.

또한 이광수를 비롯하여 톨스토이 특집에 기고한 대부분의 필자들이 종교적 박애사상가로서의 측면에 치중하여 톨스토이를 소개한 것과 달리, 홍명희의 논의는 톨스토이의 위대한 리얼리스트로서의 면모를 강조하고 있는 점이 특색이다. 이처럼 홍명희가 톨스토이에 대해 당시 국내 문인들 중누구보다도 총체적이고 균형 잡힌 이해를 지니고 있었던 사실은, 그의 역사소설 『임꺽정』을 논할 때 중국과 한국의 고전소설들의 영향 이외에도, 톨스토이의 작품을 비롯한 서양의 고전적 역사소설들과의 영향관계를 검토해볼 필요가 있음을 시사해준다.

그 시기에 홍명희가 발표한 글들 중 또 한 편의 주목할 만한 글은, 1936년 1월 『조선일보』에 「전쟁과 문학」이라는 특집의 일환으로 실린 「문학에 반영된 전쟁」[96]이다. 당시 『조선일보』에서 이와 같은 특집을 기획한 것은, 만주사변 이후 일본 제국주의가 중국 침략 의도를 노골화하면서 군국주의로 치닫고, 유럽에서도 파시즘과 전쟁의 기운이 급속히 퍼져 가던 상황이었기 때문이다.

「문학에 반영된 전쟁」의 서두에서 홍명희는 "전쟁이 문명과 같이 시작되고 문명과 같이 진보된 것"임을 전제하고, 특히 자본주의 발달에 따른 무기의 발달로 전쟁의 참화가 더욱 극심해지고 있음을 지적하면서, 제2차 세계대전이 발발하여 대규모의 참화가 벌어질 가능성에 대해 크게 우려하고 있다. 그리고 제1차 세계대전 후 전쟁문학의 가장 중요한 특징으로서 반전(反戰)문학의 발생을 든다. "영웅·명장·용사에 대한 찬송가이던 과거의 전쟁문학을 대전이 청산시키었다"고 하면서 레마르크의 『서부전선 이상 없다』를 비롯한 제1차 세계대전 이후 유럽의 반전문학을 광범하게 소개하고 있다. 이어서 그는 파시즘의 대두에 맞서 평화를 옹호하고 세계대전의 재발을 막고자 1935년 6월 파리에서 '문화 옹호 국제 작가회의'를 열고 국제작가협회를 조직한 유럽의 진보적인 작가들의 활동을 지지하며 글을 끝맺고 있다.

홍명희의 이 글을 이틀 후 같은 지면에 실린 이광수의 「전쟁기의 작가적 태도」[97]와 대조해보면, 양자의 전쟁관에서 엄청난 차이를 발견하게 된다. 홍명희의 「문학에 반영된 전쟁」이 반전 평화주의자의 글이라면, 섬뜩할 정도로 전쟁을 미화하고 전쟁에서의 승자를 예찬하고 있는 이광수의 「전쟁기의 작가적 태도」는 호전적인 군국주의자의 글이라고 해도 과언이 아니다. 일본 유학시절 절친한 벗이었던 홍명희와 이광수는 1920년대 이후 민족해방운동상의 노선 차이로 점차 그 사이가 벌어지게 되었지만, 일제의 파시즘이 일층 강화되고 있던 1930년대 중반에 이르러 두 사람의 현실관과 문학관은 도저히 화해할 수 없을 정도로 대립하게 된 것을 여기에서 확인하게 된다.

「문학청년들의 갈 길」[98)]은 간략하기는 하나 이 시기 홍명희가 문학에 대해 어떠한 의미를 부여하고 있었는지를 알 수 있게 해준다는 점에서 주목을 요하는 글이다. 이 글의 서두에서 홍명희는 "나는 지금 조선의 현상으로 보아서 다른 문화면이 응고되어 있으니 생동하는 맥으로 발달할 것은 오직 문학밖에 없다고 생각합니다"라고 하여, 당시와 같은 사회운동의 침체기에는 문학이 상대적으로 큰 의미를 지닐 수 있다고 본다.

그는 러시아의 고리키를 예로 들면서, 조선에서도 그처럼 "자기 속에 전개되는 세계와 현실생활에서 예민한 피부로 흡수하고 생활로 세워나가는", "위대한 혼, 위대한 천재"가

나오기를 고대하고 있다. 이어서 그는 당시 대부분의 역사소설들이 사건을 중심으로 흥미를 추구하는 데 급급하여, "독특한 혼에서 흘러나오는 독특한 내용과 형식"이 결여되었음을 비판한다. 이와 아울러 "일시 관심되던 프로 문학도 이러한 산 혼에서 우러나오는 문학이 아니면 문학적으로 실패할 것은 정한 일"이라고 하면서, 조선의 청년문학가들에게 "외부의 사상적 척도 그것보다 먼저 순진하게 참되고 죽지 않는 정열로 번민하고 생산하는 문학"을 창작하기를 권하고 있다.

여기에서 홍명희는 새로운 세대의 문학인들에게 '독특한 혼', '산 혼'에서 우러나오는 문학, 다시 말해 민족문학적이고 리얼리즘적인 문학을 요구한 것이라 생각된다. 그리고 '외부의 사상적 척도'를 우선시하지 말고 '산 혼에서 우러나오는' 프로 문학을 추구할 것을 권한 것을 보면, 그는 과거 조선의 프로 문학이 현실 자체에서 출발한 투철한 리얼리즘 문학이 되지 못하고 사회주의 사상의 관념적인 토로에 그친 것을 동지적인 입장에서 비판하고 있는 것이라 생각된다.

한편 홍명희는 그 무렵 일역된 발자크전집을 독파했을 뿐 아니라, 서양문학을 원문으로 읽기 위해 본격적인 외국어공부를 계획했을 정도로 문학수업에 열의를 가지고 있었다. 그리고 『임꺽정』을 완결한 뒤에는 현대를 배경으로 한 소설을 창작해보겠다는 포부를 밝히기도 하였다. 그 후 그는 박문서관 편집진으로부터 『현대 걸작 장편소설집』의 일환으로 신작소설 집필을 간청받기도 했으나, 끝내 그러한 기대에 호응하는 작품을 남기지는 못하고 말았다.[99]

조선학운동에 일익을 담당하다

1930, 40년대에 홍명희는 당시 비타협적 민족주의자들 사이에서 일어나고 있던 이른바 조선학운동에 동참한 학자로서의 면모도 지니고 있었다. 조선학운동을 주도한 정인보·안재홍·문일평 등과 절친한 사이였던 홍명희는 고전 간행사업에 참여하여 『완당집』(阮堂集) 『담헌서』(湛軒書) 등을 교열하기도 하고,[100] 신문·잡지를 통해 조선의 역사와 문화에 관한 단편적이나마 학문적 통찰력이 번뜩이는 글을 적잖이 남겼다.

조선사와 조선문화에 대한 홍명희의 논의는 크게 보아 조선시대 양반계급에 대한 고찰, 우리 고전문학에 대한 논평, 그리고 전통시대 풍속사에 대한 해설로 나누어볼 수 있다. 그중에서 특히 주목되는 것은 우리 고전문학에 대한 논의이다. 홍명희는 당시 지식인들 사이에서 우리 고전문학에 대해 누구보다도 조예가 깊은 인물로 알려져 있었다. 조용만의 증언에 의하면, 『조선소설사』와 『조선한문학사』를 쓴 저명한 국문학자 김태준(金台俊)조차 모르는 것이 있으면 그에게

묻곤 하면서 그의 박식에 탄복을 금치 못했다고 한다.[101]
1930년대에 신문·잡지들에서 홍명희를 초빙하여 우리 전
통문학에 대해 고견을 듣는 대담을 종종 기획했던 것은, 그
만큼 홍명희가 그 방면에 조예가 깊은 것으로 널리 알려져
있었기 때문이다. 그러나 홍명희는 우리 고전문학을 논한 본
격적인 저술을 남기지는 않았으므로, 고전문학에 관한 그의
견해를 파악하기 위해서는 주로 구술논문과 대담들에서 피
력된 그의 단편적인 발언에 의존하는 수밖에 없다.

우선 홍명희는 우리 고전문학의 유산이 빈약하다는 것을
어쩔 수 없는 사실로서 전제한다. 그는 우리 고전문학이 제
대로 전승되지 못하여 현재 남아 있는 유산이 양적으로 풍부
하지 못할 뿐 아니라, 그 예술적 수준에서도 세계적인 고전
에 미치지 못하는 경우가 대부분이라 본다. 예컨대 유진오와
의 대담에서 향가의 조선문학사상 지위에 대해 질문받고 그
는, "향가란 원원이 수효가 얼마 안 되니까 가령 오래 되었
고 얼마 안 된다고 해서 신룡(神龍)의 편린(片鱗)과 같이 귀
하게 여길는지는 몰라도, 문학의 연구대상으로는 얼마나한
가치가 있을는지 모르겠습니다"라고 답하고 있다.

또한 조선시대의 국문소설에 대해 홍명희는 우리 문학 장
르 중에서 중국문학으로부터 가장 많은 영향을 받은 것이 소
설이라고 하면서, "번역이나 번안은 말할 것도 없지마는 명

색이 창작소설이라는 것도 지명·관명 심지어는 내용까지 지나적(支那的)인 것이 많다"고 비판한다. 그리고 "가령 지나 소설에 있어서 『수호지』 같은 성격 창조나 『서유기』 같은 스케일이 크다거나 『금병매』같이 묘사 수법이 사실적인 것은 거의 세계 수준에 오르지마는, 조선소설을 그러한 수준으로 본다면 치졸하기 짝이 없어서, 조선소설이란 천편일률로 저급한 이상주의에 떨어졌으니, 기껏 가야 권선징악적인 데 지나지 못하는 것이다"라고 하여, 매우 부정적인 평가를 내리고 있다. 그러한 전제 아래 그는 당시 국문소설 중 『구운몽』을 가장 높이 평가하며, 그밖에 『춘향전』, 『박씨전』, 『금방울전』, 『장화홍련전』, 『사씨남정기』 등도 "특색있는 작품"으로 치고 있다.

이와 같이 홍명희는 세계적인 고전의 수준에 육박하면서도 민족문학적 색채가 뚜렷한 작품만을 높이 평가하기 때문에, 조선시대 대부분의 한문학에 대해서도 매우 인색한 평가를 내리고 있다. 예컨대 그는 조선시대 한문학의 대가들에 의해 씌어진 고문(古文)에 대해, "고문이라는 것은 자(字)에 자법(字法)이니 편(篇)에 편법(篇法)이니 하는 것이 있으니까 수사학적으로 보면 현대로서도 배울 점이 있을는지 모르지만, 내용이야 보잘것이 없"다고 평하고 있다.

한편 그는 "우리 문학사를 쓴다면 하여간 우리말로 씌어진

문학 이외에 한문으로 씌어진 문학에서 비록 표현하는 기교
는 부족하다고 하더라도 중국 것과는 다른 것은 역시 조선문
학사의 일부문으로 들 수 있"다고 하여, 민족문학적 특색을
갖춘 한문학은 국문문학과 마찬가지로 우리 문학의 일부로
간주해야 한다고 주장한다. 이러한 견지에서 그는 연암 박지
원을 주목하면서, 연암은 고문의 법도에 얽매이지 않고 한문
으로 "자기 할 말을 마음대로 다했"으며, 연암의 글에는 "조
선 정조"가 있다고 높이 평가하고 있다.[102]

홍명희의 장남 홍기문은 1937년 연암 탄생 200주년 기념
논문인 「박연암의 예술과 사상」에서 연암의 작품들이 한문
으로 씌어졌으면서도 민족문학적인 개성을 의식적으로 추구
한 점을 높이 평가했거니와,[103] 이는 바로 부친 홍명희의 견
해를 대변한 것이라고 보아도 무방할 것이다.

이밖에 한문학에 관한 홍명희의 글로는 "한시의 시화 자료
됨직한 것을 이 책 저 책에서 초출(鈔出)하여 둔 것"을 정리
했다는 「역일시화」(亦一詩話)가 있다. 그는 1928년 「난설헌
(蘭雪軒)의 시인 가치」라는 글에서 허난설헌을 중심으로 옛
여류들의 한시를 소개하면서, 특히 허난설헌의 시에 대해서
는 다양한 문헌에 의거하여 고증을 시도하고 그 가치를 매우
높이 평가한 바 있다. 중국 한시 시화의 효시인 구양수(歐陽
修)의 「육일시화」(六一詩話)의 제목을 장난조로 모방했다고

밝히고 있는 이 「역일시화」에서도 그는 시화에 대한 관심과 조예를 일관되게 보여주고 있다.[104] 이 글은 비록 자료 소개에 머물고 있으며 미완으로 그치긴 했으나, 수많은 시화집들을 인용하며 고려 말에서 조선 전기까지의 한시를 논하고 있어, 조선 한시문학에 대한 학문적 연구가 일천(日淺)했던 당시로서는 일정한 의의를 지닌 글이었다고 하겠다.

홍명희의 『임꺽정』은 순수한 우리말의 구사와 조선시대 풍속의 재현이라는 점에서 오늘날 역사소설의 모범이 될 만한 작품이며, 우리 고전문학의 전통을 계승한 점에서 독특한 가치를 인정받는 작품이다. 그러한 작품이 탄생하게 된 데에는 무엇보다도 홍명희의 남다른 출신 계층과 성장과정이 작용한 것이겠지만, 다른 한편 홍명희가 그만큼 우리의 전통적인 역사와 풍속, 문학에 대해 해박한 지식의 소유자였던 덕분이라 할 수 있다.

지조를 지키며 은둔생활을 하다

1935년경 홍명희 일가는 이른바 '문안'을 떠나 한적한 교외이던 마포 강변으로 집을 옮겼다. 일제 군국주의 파쇼체제가 점차 노골화해가는 상황에서 지조를 지키며 살기 위해 반쯤 은둔하려는 의도에서였다. 이듬해 한 잡지에 실린 대담 「청빈낙도(淸貧樂道)하는 당대 처사(處士) 홍명희씨를 찾아」[105)]에서는 마포시절 홍명희의 생활상과 심경을 엿볼 수 있다. 그곳에서 홍명희는 주로 독서와 집필을 하는 외에, 가끔 마포 강가에 나가 산보를 하거나 고기잡이를 하기도 하고, 어쩌다 벗들이 찾아오면 맞이하여 이야기를 나누는 고적한 생활을 하였다.

과거에 그토록 활발하게 사회활동을 하던 그가 근래에는 두문불출하여 '은사'니 '처사'니 일컬어지기도 한다는 기자의 말에 대해 홍명희는 다음과 같이 자신의 내심을 토로하고 있다.

지금은 다만 묵은 책, 새 책을 뒤적이며 붓대를 잡아 마음속을 털어놓는 것이 오직 나의 할일이겠지요! 그러다가도, 어느 동무, 어느 기관에서 와서 손목을 이끌어 나오라고 하면 또 전날과 같이 일어서기도 하련만…… 이 사회가 부를 때면 주저하지는 않겠어요! 허나 내 원래 전날도 그러했거니와 무슨 문화단체 같은 데는 나가겠으나 다른 방면으로는 내 기질, 내 힘이 모자라는 것을 어떡하오!

여기에서 알 수 있듯이, 이 시기 홍명희는 갈수록 정치적 상황이 악화되어가고 거기에 순응하여 변절하는 지식인들이 늘어가는 현실에 맞서, 반쯤은 은둔하는 자세로 살아가고 있었다. 그러나 이러한 은둔생활 가운데서도 그는 국내외의 정치적 동향에 대해 민감한 관심을 갖고 지켜보면서, 만일 상황이 호전되어 활동의 여지가 생기기만 하면 다시금 사회운동에 나설 뜻을 잃지 않고 있었던 듯하다.

『임꺽정』 연재를 중단한 1939년 말에 홍명희는 다시 경기도 양주군 노해면 창동으로 이주하였다. 일제의 식민통치가 극악한 전시 파시즘체제로 치달아감에 따라, 홍명희처럼 사회적 명망이 높은 인사들은 지식인들을 친일활동에 동원하려는 일제의 협박과 회유를 피하기 어려운 위치에 있었다. 그러므로 그는 신병을 핑계로 창작을 포함한 일체의 사회활동을 중단하고 서울을 떠나 더욱 깊숙이 은거하고자 한 것이다.

창동에는 그 이전부터 신간회 동지이던 변호사 김병로가 살고 있어, 홍명희는 그 인연과 주선으로 그곳을 은거지로 택하게 되었던 것 같다. 홍명희 일가에 뒤이어 1940년 가을에는 정인보 일가가 같은 동네로 이주하였다. 이처럼 요시찰인(要視察人)들이 거주함에 따라 일제 경무 당국에서는 양주경찰서에 고등계를 설치하고 창동주재소에 고등계 형사를 상주하게 하여 그들과 방문객들을 감시하게 하였다.

그 무렵 홍명희의 장남 홍기문도 부친의 집에서 멀지 않은 창동 역전 부근에 따로 집을 마련하여 이사하였다. 1940년 8월 일제에 의해 『조선일보』가 강제 폐간되자 실직하게 된 그는 창동집에 칩거하여 평소의 관심분야이던 조선어 연구에 몰두했으며, 그 성과는 해방 후 『정음발달사』와 『조선문법연구』라는 제목의 단행본으로 출판되었다. 또한 이화여대 전문부에 재학 중이던 홍명희의 쌍둥이 딸 수경과 무경은 부친의 지도로 각각 우리 의복제도와 혼인제도에 관한 졸업논문을 썼는데, 이 논문들은 해방 후 『조선 의복·혼인제도의 연구』라는 제목의 공저로 출판되었다. 두 딸들은 1941년 12월에 나란히 대학을 졸업했고, 그중 둘째 딸 무경은 졸업 후 한때 교편을 잡았다.[106]

1942년 3월 홍명희는 차남 기무를 자신의 절친한 벗 정인보의 차녀 경완(庚婉)과 혼인시켰다. 따라서 그렇지 않아도 한 동리에 살면서 친하게 지내던 홍명희 일가와 정인보 일가는 더욱 우애가 자별하게 되었다. 홍명희 일가는 1920년대 이후 일상적인 가난 속에서 생활했지만, 특히 창동시절에는 극도의 궁핍을 겪고 있었던 듯하다. 둘째 자부 정경완이 시집살이를 시작했을 무렵 홍씨 집안의 여자들은 좁쌀 대부분에 쌀을 조금 섞어 끓인 묽은 미음 한 끼로 하루를 지내는 형편이어서, 친정에서 가난하게 살다 온 그녀조차도 시댁 살림 형편에 놀라지 않을 수 없었다고 한다.

1942년 이후 홍명희는 일체의 사회적 활동을 그만두었으므로, 본의 아니게 매우 한가로운 생활을 하게 되었다. 그는 거의 매일을 독서로 소일하는 한편, 남달리 학구열이 강해 공부꾼으로 소문난 차남 기무에게 학문을 전수하는 데 힘을 기울였다. 그밖에 홍명희는 평소에 좋아하는 화초를 돌보거나, 집 근처 연못에서 낚시를 하기도 하였다.

그러나 물론 이 시기 홍명희가 그와 같은 은자(隱者)의 생활을 즐기고 있었던 것은 결코 아니었다. 신간회 민중대회사건으로 옥고를 치르고 난 이후 홍명희는 일제 당국으로부터 계속 엄중한 감시를 받는 몸이어서, 치안을 강화해야 할 필요가 있을 때마다 으레 부자가 함께 며칠씩 예비 검속을 당하곤 하였다. 따라서 예전부터 알고 지내던 사람들 중에는 당국의 눈을 두려워하여 그와 접촉하는 것조차 꺼려하는 경우가 많았다. 일제 말에는 어쩌다가 외출을 할 때에도 으레 고등계 형사가 따라 붙었을 정도로 심한 감시를 받았다. 그러므로 그는 같은 동네에 사는 몇몇 동지를 제외하고는 거의 사람을 만나지 못하는 고적한 생활을 하였다.[107]

이와 같이 사회운동은 물론 저술활동조차도 중단하고 우울한 나날을 보내고 있던 홍명희에게 가까운 이들의 죽음이 잇달아 찾아왔다. 1939년 4월에는 홍명희와 동갑으로 일본 유학시절 이래 절친한 벗이던 호암 문일평이 급환으로 타계하였다. 장례일 다음날 『조선일보』에 실린 「곡(哭) 호암」[108]에서 홍명희는 "우리는 좋은 친구를 여의어서 슬프지만 호암이야 요란한 세상을 떠나서 편안하려니, 답답한 세상을 떠나서 시원하려니, 무엇이 슬프랴"라고 하여, 벗을 잃은 슬픔을 토로하는 동시에 그 자신도 때로는 암울한 이 현실을 저버리고 싶은 심정임을 드러내었다.

일제 식민 통치가 막바지에 달한 1944년 6월, 『님의 침묵』으로 유명한 시인이자 『조선불교유신론』을 쓴 승려로 홍명희의 신간회 동지이던 만해 한용운이 세상을 떠났다. 홍명희와 한용운은 민족해방운동을 함께한 동지였을 뿐 아니라, 직업적인 문인은 아니면서도 각각 장편소설과 서정시 분야에서 식민지시기 우리 문학사에 가장 뚜렷한 족적을 남긴 인물로서, 여러모로 흥미로운 공통점을 보여준다. 게다가 두 사람은 일제 말까지 지조를 지켜 드물게 뜻이 통하는 동지였고, 함께 바둑을 두면서 격의 없는 농담도 나눌 만큼 친밀한 사이였다.

1939년 한용운이 회갑을 맞았을 때, 홍명희는 이를 축하하여 칠언 절구(七言絶句) 한 수를 짓고 친필로 써서 증정하였다.

황하(黃河)의 흐린 강물 날로 도도하여
천년을 기다려도 한 번 맑기 어렵구나
어찌 마니주(摩尼珠)로 수원(水源)을 비출 뿐이랴

격류 중의 지주(砥柱)처럼 우뚝 솟았어라

黃河濁水日滔滔

千載俟淸難一遭

豈獨摩尼源可照

中流砥柱屹然高

• 「축 만해형 육십일수」(祝卍海兄六十一壽)[109] 전문

여기에서 홍명희는 일제 말의 혼탁한 시류를 백 년은커녕 천 년을 기다려도 맑을 줄 모르는 황하의 도도한 탁류에 비유하면서, 한용운이 마니주로 탁류의 근원을 비추듯 불법(佛法)으로 세상을 밝히는 고승일 뿐 아니라, 황하의 격류 속에서도 우뚝 솟아 있는 지주산처럼 강인하고도 의연한 지사의 풍모를 지니고 있음을 칭송하고 있다.

한용운이 타계한 1944년에는 친일지를 제외한 대부분의 신문·잡지들이 폐간된 뒤였으므로, 그 이전에 사망한 다른 동지들의 경우와는 달리 홍명희가 한용운의 죽음을 애도하여 쓴 글은 찾아볼 수 없다. 한용운이 숨을 거두자 홍명희는 그의 만년의 거처인 심우장(尋牛莊)으로 달려가 조문을 했으며, 그에 대해 "7천 승려를 합하여도 만해 한 사람을 당하지 못한다"고 높이 평가했다고 한다.[110]

태평양전쟁이 본격화되면서 일제는 친일 지식인들을 동원

하여 조선 민중들을 전시 총동원체제로 몰아가는 데 더욱 광분하였다. 그러한 상황에서 갖은 협박과 회유에도 불구하고 소위 시책에 협력하지 않고 지조를 지키고 있던 소수의 지식인들은 시시각각 신변의 위협을 느끼지 않을 수 없었다. 그 무렵 홍명희는 신변의 위협을 느낄 때면 종종 단신으로 금강산의 한 암자로 피신하기도 하고, 괴산 제월리에 내려가 있기도 하였다. 이와 같이 악화된 정국 속에서 일제의 패망을 간절히 기다리며 초조하고 불안한 심정으로 힘겨운 하루하루를 보내고 있던 홍명희는 드디어 1945년 8월 15일 일본의 무조건 항복 소식을 듣고 고대하던 해방의 그날을 맞게 된다.

해방 직후의 격동기에
—1945년부터 1948년까지

조선문학가동맹 중앙집행위원장으로 추대되다

1945년 8월 15일 일제는 연합국에 대해 무조건 항복을 선언하였다. 일시 피신 중이던 향리 괴산에서 광복의 날을 맞이한 홍명희는 해방의 감격을 「눈물 섞인 노래」[111]라는 시로 표출하였다.

독립 만세!
독립 만세!
천둥인 듯
산천이 다 울린다
지동인 듯
땅덩이가 흔들린다
이것이 꿈인가?

생시라도 꿈만 같다

아이도 뛰며 만세
어른도 뛰며 만세
개 짖는 소리 닭 우는 소리까지
만세 만세
산천도 빛이 나고
초목도 빛이 나고
해까지도 새 빛이 난 듯
유난히 명랑하다

이러한 큰 경사
생 외에 처음이라
마음 속속들이
기쁨이 가득한데
눈에서는
눈물이 쏟아진다
억제하려 하니
더욱 더욱 쏟아진다

천대 학대 속에

마음과 몸이 함께 늙어
조만한 슬픈 일엔
한 방울 안 나도록
눈물이 말랐더니
눈물에 보가 있어
오랫동안 막혔다가
갑자기 터졌는가?

우리들 적의 손에 잡혀갈 때
깨끗한 몸 더럽히지 않으시려
멀리 멀리 가신 님이
이젠 다시 오시려나
어느 곳에 가 계실지
이 날을 아시는지
소식이나 통할 길이 있으면
이다지 애닯으랴

어제까지 두 손목에
매어있던 쇠사슬이
가뭇 없이 없어졌다
요술인 듯 신기하다

오래 묶여 야윈 손목
가볍게 높이 치어들고
우리님 하늘 우에 계시거든
쇠사슬 없어진 것 굽어보소서

님께 받은 귀한 피가
핏줄 속에 흐르므로
이 피를 더럽힐까
남에 없이 조심되고
남에 없이 근심되어
염통 한 조각이나마
적에게 빼앗기지 않으려고
구구히 애를 썼사외다

국민 의무 다하라고
분부하신 님의 말씀
해와 같고 달과 같이
내 앞길을 비쳐준다
아름다운 님의 이름
더 거룩히는 못 할지라도
님을 찾아가 보입는 날

꾸중이나 듣지 않고저

• 「눈물 섞인 노래」 전문

　「눈물 섞인 노래」는 1945년 12월 범문단적으로 해방을 노래한 시들을 모아 간행한 『해방기념시집』에 수록되어 있다. 이 시는 지극히 소박하기는 하나 꾸밈없고 직정적인 표현을 통해 해방을 맞은 홍명희의 벅찬 심정을 그의 어떤 글들보다도 여실하게 보여준다. 여기에서 그는 경술국치 때 순국한 부친 홍범식을 '님'이라 부르면서 부친에 대한 흠모의 정을 표현하고 유훈을 실천하려는 결의를 다지고 있다. 해방 이후 홍명희가 작가나 학자로서의 평온한 삶을 마다하고 정치적 소용돌이 한가운데에서 번민하고 고투하는 험난한 길을 걷게 된 내면적인 요인은, 바로 이처럼 부친의 유훈을 따르고자 한 데에서 찾을 수 있을 것이다.

　8·15 이후에도 한동안 괴산에 머물러 있던 홍명희는 그해 가을 상경하여 사회생활을 재개하였다. 우선 그는 1945년 11월부터 이듬해 3월까지 서울신문사 고문으로 재직하였다. 『서울신문』은 『매일신보』의 시설과 지령을 이어받아 새출발한 신문으로서, 논조로 보아 중립지에 해당하는 비교적 영향력 있는 신문이었다. 홍명희가 서울신문사 고문으로 재직한 기간은 만 4개월에 지나지 않았지만, 아들 홍기문·홍기무

와 신간회 동지들인 이원혁·김무삼·이관구 등 측근 인사들이 계속 간부진에 포진하고 있었으므로, 『서울신문』은 해방 이후 홍명희의 정치활동에 중요한 기반이 되었다.[112]

한편 해방 직후 좌익 진영에서는 홍명희를 여러 진보적인 문화단체의 상징적 지도자로 추대하고자 하였다. 널리 알려진 바와 같이 홍명희는 12월 13일에 결성된 조선문학가동맹의 중앙집행위원장으로 선출되었다. 12월 15일에는 "인류평화와 세계어 선전 보급"을 목적으로 당시 좌익 문화단체들과 일정한 연계하에 결성된 에스페란토조선학회의 위원장으로 선임되었다. 그리고 12월 27일에는 소련과의 문화교류를 표방한 좌익 계열의 문화단체 조소(朝蘇)문화협회 결성대회에서 회장으로 추대되었다.

좌익측에서 그토록 여러 단체의 지도자로 홍명희를 내세우려 한 것은, 당시 조선공산당이 박헌영의 이른바 '8월 테제'에 따라 부르주아민주주의혁명 노선을 내세우며 민족통일전선 결성을 주장하고 있었기 때문이다. 홍명희는 식민지 시기 신간회 결성을 주도한 바 있어, 당시 그들이 표방한 민족통일전선 노선을 상징하기에 매우 적합한 인물이었다. 게다가 그는 과거 사회주의운동에 참여한 경력이 있으며, 저명한 사회주의자들과 상당한 친분관계를 가지고 있었다. 그리고 무엇보다도 끝까지 일제와 타협하지 않고 지조를 지킴으로써 명망이 드높은 상태였던 점이 작용했을 것이다.

홍명희를 지도자로 추대한 문화단체들 중 가장 중요한 단체는 조선문학가동맹[113]이다. 조선문학가동맹은 임화·김남천 등 좌파 문인들이 주도하기는 했지만, '민족문학의 건설'을 표방했을 뿐 아니라, 식민지시기에 '순수문학파'나 모더니스트로 불리던 이태준·김기림·정지용 등을 포함해서 중도파로 간주되던 문인들도 대거 가담하여, 당시 최대의 문인단체로 떠오른 조직이었다. 조선문학가동맹측은 '민족문학의 건설'이라는 기치 아래 좌·우익 문인들을 망라한 거대한 문인단체를 결성함으로써 문단의 헤게모니를 장악하고자 했으므로, 홍명희와 같이 좌·우로부터 두루 호감을 얻고 있던 문인을 대표로 추대하는 것이 전략상 적절한 방안이었을 것이다.

조선문학가동맹은 전국적인 집회에서 그 존재를 추인받으려는 의도로 1946년 2월 8, 9일 양일간 제1회 전국문학자대회를 대대적으로 개최하였다. 이 대회에서는 강령과 규약을 심의·제정하고, 조직 명칭을 '조선문학가동맹'으로 확정한 후 임원을 일부 개선하였다. 중앙집행위원장에 홍명희, 부위원장에 이기영·한설야·이태준, 서기장에 권환, 중앙집행위원에 이원조·임화·김태준·김남천 등 17명이 선임되었다.[114]

이와 같이 조선문학가동맹의 전국문학자대회를 계기로 문화예술계가 좌파에 의해 장악되다시피 하자, 그에 맞서 우파 문인들을 중심으로 1946년 3월 전조선문필가협회가 결성되었다. 전조선문필가협회의 회장으로는 공교롭게도 홍명희의 절친한 벗이자 사돈인 정인보가 추대되었다. 전조선문필가협회는 조선문학가동맹에 비해 규모 면에서 열세였거니와, 명확한 운동노선을 제시하지도 못하였다. 그러나 이처럼 우익 문인단체들이 결성됨으로써, 좌·우를 망라한 대표적 문인단체로서의 위상을 추구했던 조선문학가동맹의 의도와는 달리, 문단에서도 좌·우 대립의 양상이 전면화되고 말았다.

전국문학자대회 이후 문단의 기선을 잡은 조선문학가동맹은 문예강연회를 개최하고 기관지『문학』을 발간하는 등 활발하게 활동하였다. 그런데 그해 5월 '정판사 위폐사건'을 계기로 조선공산당의 노선이 변화함에 따라, 조선문학가동맹은 좌익적이고 정치적인 성향을 더욱 노골화해가게 되었다. 그리하여 당국의 탄압이 심해진데다가, 이원조·이태준·임화 등 핵심 멤버들이 잇달아 월북함으로써 활동에 적지 않은 타격을 받게 되었다. 그러한 정세 변화에 대응하여 조선문학가동맹은 조직 개편을 단행하고 활로를 타개하고자 했으나, 1948년 8월 15일 남한만의 단독정부가 수립되자 활동이 전면적으로 불법화되면서 침체상태에 빠지고 말았다.[115]

애초에 홍명희는 해방을 맞아 좌·우익 문인들이 단결하여 '민족문학의 건설'에 매진한다는 조선문학가동맹의 취지에 공감하여 일단 그 대표직을 수락했던 듯하다. 그 무렵 『대조』지에 실린 「벽초 홍명희선생을 둘러싼 문학담의(談議)」[116]를 보면, 그는 조선문학가동맹 결성을 전후한 시기에 그 핵심 세력인 이태준·이원조·김남천과 함께 우리문학의 진로에 대해 진지하고 유쾌한 대담의 자리를 가진 것으로 나타나 있다. 이는 당시 그가 조선문학가동맹 중앙집행위원장직을 수락한 사실을 간접적으로 증명한다고 하겠다.

그런데 이듬해 2월 전국문학자대회 기록을 보면, 홍명희는 대회장에 직접 참석하지 않고 그가 보낸 「인사 말씀」을 부위원장 이태준이 대신 낭독한 것으로 되어 있다. 게다가 그 인사말은 지나치게 짧기도 하려니와, 당시 조선문학가동맹이 내세운 '일본 제국주의 잔재의 소탕', '봉건주의 잔재의 청산', '국수주의의 배격', '민족문학의 건설', '조선문학의 외국문학과의 제휴'라는 5개항의 강령과는 동떨어진 소박하고 상식적인 내용으로 일관하고 있어, 다소 의아한 느낌을 준다.

뿐만 아니라 대회 기록 중 중앙집행위원 선거 문제를 논한 대목을 보면, "위원장 홍명희씨의 성명서"에 대해 왈가왈부하다가, "홍명희씨는 그때 성명서에 사임한다는 말은 없었습니다. 우리가 중앙집행위원장으로 재임 승인한다면 별로 문제되지 않습니다"라는 임화의 주장에 따라 홍명희가 중앙집행위원장으로 다시 선임된 것으로 되어 있다.[117]

여기에서 문제시된 홍명희의 성명서란 그가 한 달여 전인 1946년 1월 5일 『서울신문』 지상에 발표한 「성명」을 가리키는 것이다. 이 성명서에서 홍명희는 해방 이후 좌·우익 양측에서 본인의 동의 없이 각종 단체의 위원장으로 자기 이름을 끌어넣은 처사에 분개하면서, 조선문학가동맹에 대해서도 다음과 같이 유감을 표명하였다.

내가 이날 이때까지 위원장이라는 칭호로 관계를 맺은 것은 오직 문학동맹 하나뿐인데 그 관계를 맺자마자 문학동맹에서 첫 공사로 성명서 한 장을 발표하여 그 덕에 나는 바지 저고리 입힌 허수아비가 되고 말았다. 그 때 친구 몇 분이 나더러 개인 성명을 내 보라고 권고하는 것을 나는 개인 성명이 주제넘은 생각이 들어서 그 권고는 듣지 않고 문학동맹에 대하여 나 자신의 의사만 명백히 표시하였다.

1945년 12월 12일 미군 사령관 하지 중장은 좌익 계열이 주도하는 조선인민공화국의 활동을 비난한 성명을 발표한 바 있었다. 이에 바로 다음날 개최된 조선문학가동맹 결성대회에서는 하지중장의 성명을 반박하는 성명을 발표하기로 결의하고, 이를 중앙집행위원회에 일임하였다. 그리하여 이튿날 조선인민공화국을 옹호하면서 미군정 당국에 유감을 표명하는 조선문학가동맹의 성명이 발표되었던 것이다.[118]

홍명희는 조선문학가동맹의 주도 세력이 이 성명을 자신과 사전에 아무런 상의 없이 발표한 데에 큰 충격과 불만을 느꼈던 듯하다. 그리고 이 일로 조선문학가동맹측에 대해 "나 자신의 의사만 명백히 표시하였다"고 한 것을 보면, 모종의 엄중한 경고를 했던 것 같다. 그러나 홍명희는 「성명」에서 자신이 조선문학가동맹 중앙집행위원장직을 일단 수락한 바 있음을 밝혔을 뿐 아니라, 조선문학가동맹측의 처사에 대해 유감을 표하면서도 중앙집행위원장직에서 사퇴하겠다고 명언하지는 않았다. 그리고 한 달 후에 열린 전국문학자대회에도 비록 참석하지는 않았지만 「인사 말씀」을 보낸 것은, 그가 소극적이나마 맡겨진 직위에 머물러 있겠다는 의사표시를 한 것으로 볼 수 있다.

그렇다면 조선문학가동맹의 결성을 전후한 시기에는 중앙집행위원장직을 수락할 의사가 분명했던 홍명희가 이처럼 불과 한두 달 사이에 조선문학가동맹에 대해 소극적이고 냉담한 태도를 취하게 된 이유는 무엇일까? 홍명희의 이 같은 태도 변화에는 후술하는 바와 같이 1945년 연말부터 시작된 신탁통치 파동이 무엇보다도 큰 영향을 끼쳤을 것으로 보인다.

조선문학가동맹은 결성대회 무렵인 1945년 12월 중순에는 민족통일전선 노선을 표방했으나, 그해 말부터 시작된 신탁통치 파동을 계기로 좌·우 대립이 극렬해지는 과정에서 다른 좌익계 단체들과 마찬가지로 각종 정치활동에 적극 참여하여 좌익적인 성향을 분명히 드러내게 되었다. 따라서 홍명희는 조선문학가동맹이 과연 결성 당시 표방했던 민족통일전선 노선을 계속 지켜나갈지에 대해 큰 의구심을 품게 되었던 것 같다. 실제로 1946년 3월 이후 조선문학가동맹에 맞서 전조선문필가협회와 같은 우익 문인단체가 출현함으로써, 그가 가장 우려하던 좌·우 분열이 문단에서도 고착되고 말았다.

뿐만 아니라 신탁통치파동을 겪고 난 후 홍명희는 중간파 정당활동을 통한 통일정부수립운동에 투신하게 된 반면, 조선문학가동맹은 조선공산당의 노선 변화에 따라 그 외곽단체로서 좌익적인 성향을 더욱 노골화해갔다. 그러므로 홍명희는 월북 이전까지 형식적으로 조선문학가동맹 중앙집행위원장 직함을 계속 지니고 있기는 했지만, 실제로는 조선문학가동맹의 활동에 거의 관여하지 않는 유명무실한 대표로 남아 있게 되었다.

에스페란토조선학회는 "인류 평화와 세계어 선전 보급"을 목적으로 한 학회로서, 일제 말 탄압으로 활동을 금지당했던 국내 에스페란티스토들이 해방을 맞아 활동을 재개하면서 조직한 단체였다. 1945년 12월 15일 에스페란토조선학회는 학회 회관에서 창립대회를 겸하여 '제85주년 자멘호프 탄생제'를 열고, '에스페란티스토 정치선언'과 '결의'를 발표하였다. 그리고 이듬해부터 에스페란토 공개 강연과 강습회를 개최했으며, 그러한 활동의 성과로 성균관대·국학대·서울대 사범대 등에서 에스페란토가 선택과목으로 채택되기도 했다. 그런데 창립대회 당시 발표된 '에스페란토 정치선언'과 '결의'를 살펴보면, 에스페란토조선학회 역시 민족통일전선을 표방하던 시기의 좌익 문화단체들과 일정한 연계하에 결성된 단체였음을 짐작할 수 있다.

앞서 언급했듯이 홍명희는 1910년대에 상하이에서 에스페란토를 배워 조선에서 "가장 오랜, 첫 에스페란티스토"로 알려졌으며, 1920년대에 국내 최초의 에스페란토 단체인 조선에스페란토협회 회원으로 활동하였다. 해방 직후의 한 자료에서는 홍명희의 약력을 소개하면서 "어학에는 영어와 에쓰어를 능통하"다고 특기하고 있거니와, 여기에서 말한 '에쓰어'란 에스페란토를 가리킨다. 홍명희는 에스페란토의 의의와 필요성을 누구보다 먼저 인식하고 활동한 선구자의 한 사람인데다가, 민족통일전선 노선을 상징하기에 적합한 인물이었기에 에스페란토조선학회 위원장으로 추대된 것이라 짐작된다.

그러나 그 후 홍명희는 정계에 투신하여 통일정부수립운동에 매진하면서 자연 에스페란토운동과 같은 주변적인 학술운동과는 소원해져갔던 것 같다. 반면에 에스페란토조선학회는 점차 중립성을 표방하는 탈정치적 학술단체로 굳어져갔다. 따라서 1946년 8월에는 이극로로 위원장이 교체되었으며, 그 이듬해 8월에는 김창숙이 제3대 위원장으로 취임하였다.[119]

조소문화협회는 그 명칭에서도 알 수 있듯이 소련과의 문화 교류와 국제 친선을 표방한 단체였다. 그러나 당시 북한에 군대를 진주시켜 강력한 영향력을 행사하던 사회주의 국가 소련의 위세를 고려한다면 상당히 강한 정치적 색채를 띤 단체였음을 짐작할 수 있다. 남한의 조소문화협회보다 먼저 결성된 북한의 조쏘문화협회는 북조선예술총연맹 및 그 산하의 북조선문학동맹과 함께 해방 후 북한 문화예술계를 주도한 단체였다.

남한의 조소문화협회 창립총회는 1945년 12월 27일 학계와 문화계를 망라하여 200여 명의 발기인이 참석한 가운데 성대히 개최되었다. 창립총회에서는 회장에 홍명희, 부회장에 도상록·김양하, 그리고 이사로 김태준·이태준·임화·이원조 등 30명이 선임되었다. 그중 이사진의 면면으로 미루어볼 때, 조소문화협회의 결성은 그 직전 조선문학가동맹의 결성을 주도한 바로 그 인물들에 의해 추진되었음을 짐작할 수 있다. 따라서 조소문화협회의 결성을 주도한 세력이 홍명희를 회장으로 추대한 것은 그를 조선문학가동맹 중앙집행위원장으로 추대한 것과 같은 이유에서였을 것이다. 더욱이 홍명희는 일본 유학시절 이래 러시아문학과 문화에 관심이 깊고 남다른 식견을 갖춘 인물로 알려져 있었다.

홍명희가 조소문화협회의 정치적 함의를 어느 정도 알고 있었는지는 가늠하기 어렵다. 그러나 어쨌든 그는 조소문화협회 창립총회에 직접 참석하여 "의미심장한 회장 취임사"로 "만장에 큰 감명을 주었"다고 보도되었다. 그 후 조소문화협회는 조선문학가동맹과 공동 주최로 막심 고리키 서거 10주년 기념제를 거행하기도 하고, 소(蘇)·독(獨) 개전기념 강연회를 개최하기도 했다. 그러나 북한의 조쏘문화협회와는 달리 남한에서 조소문화협회는 좌익이 탄압을 받으면서 갈수록 유명무실화 되었고, 따라서 홍명희 역시 그 회장으로서 이렇다 할 활동을 한 흔적을 찾아보기 어렵다.[120]

신탁통치 파동에 휘말려

어지러운 해방 정국은 홍명희를 단순히 문화계의 원로 인사에 머무르도록 놓아두지 않았다. 1945년 8월 15일부터 12월 사이에 그는 좌·우익 양 진영으로부터 수없이 많은 명예직에 추대됨으로써 본의 아니게 정치판에 발을 들여놓게 된 것이다.

1945년 9월 6일 좌익이 주도한 건국준비위원회는 정국의 헤게모니를 선취하기 위해 전국인민대표자대회를 개최하고 조선인민공화국을 선포하였다. 그와 동시에 조선인민공화국의 중앙인민위원 55명, 후보위원 20명, 고문 12명을 선출했는데, 홍명희는 그중 고문의 한사람으로 발표되었다.[121]

반면에 송진우·김성수 등이 중심이 되어 창당한 보수 우익정당 한국민주당에서는 「창당 선언」을 통해 중경의 대한민국임시정부를 '정식 정부'로서 맞이할 것을 결의하였다. 그리고 '임시정부 급(及) 연합군 환영준비회'를 개최하여 대한민국임시정부 요인들과 연합군을 환영하자는 내용의 전단을 살포했는데, 환영준비회의 고문 50여 명의 명단에는 홍명희도 포함되어 있었다.

12월에 결성된 '대한민국임시정부 개선 전국 환영대회'에서 홍명희는 3인의 부회장의 한사람으로 추대되었다. 앞의 두 단체가 홍명희의 의사와 무관하게 일방적으로 그의 이름을 명단에 포함시킨 것과 달리, 이 단체의 경우는 그가 12월 19일 서울운동장에서 개최된 환영대회에 참석하여 환영사를 낭독한 사실로 미루어보아 사전에 동의를 얻은 것이 분명하다. 그러나 그 무렵 홍명희의 언행을 살펴보면 그는 결코 좌익 세력을 배제하자는 것은 아니고, 어디까지나 좌·우익의 협동을 전제한 위에서, 임시정부 세력을 존중하는 가운데 정치적 대단결이 이루어지기를 기대한 것으로 보인다.[122]

한편 1945년 12월 15일 여러 좌익계 단체 대표들이 모인 가운데 '김일성장군 무정(武亭)장군 독립동맹 환영준비회'가 결성되었는데, 뜻밖에도 홍명희가 위원장으로 선임되었다.[123] 이는 당시 북조선의 실력자였던 김일성과 무정 등의 서울 방문 환영행사를 준비하기 위한 기구였지만, 아울러 남한의 민중에게 그들의 존재를 대대적으로 알리면서 좌익의 정치적 영향력을 확대하기 위해 결성한 조직이었다.

홍명희는 이듬해 초 발표한 개인 성명으로 이 단체의 위원장직에 대해서도 거부 의사를 밝힌 셈이나, 김일성 등의 서울 방문 계획이 취소됨에 따라 유야무야되고 말았던 것 같다. 그리하여 그가 '김일성장군 무정장군 독립동맹 환영준비회'의 위원장으로 선임·발표되었던 사실은, 김일성의 개인적 관심과 호의를 유발하는 계기가 됨으로써 후일 홍명희의 정치적 운명에 적잖은 영향을 미치게 된다.

1945년 12월 말 모스크바삼상회의에서 한반도에 민주주의적 임시정부를 수립하고 신탁통치를 실시할 것을 결의하자, 반탁운동을 계기로 좌·우익의 대립이 극심해지면서 정국은 소용돌이에 휘말리게 된다. 그런데 당시 국내 신문에는 모스크바삼상회의의 결의문이 제대로 보도되지도 않았으며, 신탁통치를 실시한다는 내용만 크게 부각되었고, 더욱 중요한 임시정부를 수립한다는 내용은 별반 강조되지 않았다. 더욱이 이 결의가 보도되기 며칠 전부터 국내의 우익계 신문들은 신탁통치안을 소련이 주창했다는 등 왜곡 보도를 하면서, 이를 반소(反蘇) 반공 선전의 기회로 이용하고 있었다.

모스크바삼상회의의 결의가 국내에 보도되자마자 즉각 반탁을 주장하고 나선 것은 우익측이었다. 대한민국임시정부를 주축으로 한 우익측에서는 12월 28일 비상대책회의를 열고, 반탁운동 기구로 '신탁통치 반대 국민총동원위원회'를 결성하였다. 그런데 그 위원회의 핵심인 상무위원 21명의 명단 맨 앞에 홍명희의 이름이 들어 있다. 12월 31일에는 신탁통치반대국민총동원위원회 주관하에 대규모의 반탁시위대회를 개최하고, "대한민국임시정부를 우리의 정부로서 세계에 선포"한다는 내용의 결의문을 낭독하였다.[124]

이와 같이 임시정부를 중심으로 한 우익 세력이 반탁운동을 통해 정국의 헤게모니를 장악해가자, 그에 대응하기 위해 좌익측에서는 12월 30일 40여 개 단체 대표가 참석한 가운데 '반팟쇼 공동투쟁위원회'를 결성하였다. 그런데 여기에서도 위원장에는 홍명희가 선임되었다고 발표되었다. 부위원장은 조선공산당계 인사인 김태준과 이현상이었다.[125] 공교롭게도 그날은 바로 홍명희가 우익측이 주도하는 신탁통치반대국민총동원위원회의 상무위원으로 선임된 날이기도 하였다.

그런데 좌익측의 반탁운동단체로 출범한 반팟쇼공동투쟁위원회는 결성된 지 불과 며칠 후에 신탁통치 문제에 대한 좌익의 태도가 돌변함에 따라 '모스크바삼상회의 결정 지지'로 노선을 선회하였다. 1946년 1월 3일 반팟쇼공동투쟁위원회는 몇 단체와 공동 주최로 서울운동장에서 모스크바삼상회의 결의를 지지하는 '민족통일 자주독립 촉성 시민대회'를 개최했으나, 대다수의 참석자들은 이 시민대회가 반탁대회인 것으로 알고 왔다가 '반탁을 반대하는 대회'임을 알게 되어 적잖은 혼란이 야기되었다.[126]

모스크바삼상회의 결과가 알려진 직후 홍명희는 『서울신문』과의 인터뷰에서 신탁통치에 대해 명확하게 반대의사를 표명한 바 있다.[127] 그런데 이제 자신이 위원장으로 알려진 반팟쇼공동투쟁위원회가 민족통일자주독립촉성시민대회를 계기로 좌익측의 '찬탁운동'에 일익을 담당하게 되자, 그는 매우 난감한 처지에 놓이게 되었다. 게다가 일시 가능해 보이던 조선인민공화국과 대한민국임시정부의 합작을 위한 협상도 좌익측의 이 같은 노선 변화로 인해 더 이상 기대할 수 없게 되었으므로, 홍명희는 실망과 함께 온갖 분노가 폭발하게 되었다.

그리하여 신탁통치 문제로 좌우 대립이 극한으로 치닫고 있던 1946년 1월 초 홍명희는 『서울신문』 지상에 좌·우익 양 진영에 대해 항의하는 성명서를 발표하기에 이르렀다. 여기에서 홍명희는 자못 격앙된 어조로 그간 좌·우익의 여러 단체에서 사전 동의를 구하지 않고 자신을 임원으로 선임한 데 대해 분노를 표시하고, 이제부터는 자신의 허락 없이 "홍명희 성명 3자가 나도는 것을 금지"한다고 단호하게 선언하였다.[128]

그 무렵 홍명희에 대한 한 인물평에서는 그의 정치적 성향을 "좌도 아니요 우도 아닌 중간적인 존재", 당시 조선의 대표적인 "민족통일자", "민족주의 좌파의 좌파" 등으로 규정하였다.[129] 이는 대체로 적합한 평가라 생각되거니와, 홍명희는 중간파가 좌·우익 양측으로부터 분화되어 나와 독립적인 세력을 형성하기 이전인 당시의 시점에서 가장 확고하게 중간파적 노선을 지향한 독특한 존재였다고 할 수 있다. 이러한 그의 정치적 성향과 신간회 활동 경력, 그리고 개인적 명망 때문에 해방 직후 좌·우익에서는 다투어 그를 자파로 견인하려 한 것이다.

그동안 홍명희는 자신의 명망을 이용하려는 좌·우익의 행태를 알면서도, 자신이 그 같은 직함들을 달고 있으면 좌·우익의 대동단결을 추동하는 데 기여할 수 있지 않을까 하는 기대를 한 켠으로 지니고 있었기에 이를 어느 정도 용인하는 태도를 취했던 것 같다. 그러나 신탁통치문제에 대한 좌익의 노선변화로 인해 자신이 기대했던 좌·우익의 합작이 불가능해졌다고 판단되자, 그는 앞으로 좌우 대립의 혼탁한 정치판으로부터 자신을 지키겠다는 단호한 결의를 밝힌 것이다.

중간파 정치지도자로서 통일정부수립운동에 나서다

「성명」을 발표한 이후 홍명희는 한동안 대외 활동을 자제하고 암중모색에 들어갔다. 그 사이 모스크바삼상회의 결정에 따라 개최된 미소공동위원회는 난항을 겪다가 결렬되고, 이승만을 중심으로 한 일부 우익세력은 남한 단독정부수립을 주장하기 시작했으며, 좌익세력은 미군정의 탄압을 받아 지하화하면서 과격한 투쟁 노선을 지향하여 좌·우 양 진영의 대립은 더욱 선명해져갔다. 한편 미군정의 지지하에 중간파 정치지도자 여운형과 김규식을 양측 주석으로 한 좌우합작위원회가 구성되어 그해 7월부터 활동에 들어갔다.

그러한 가운데 1946년 8월 홍명희는 자신을 추종하는 인사들과 함께 중간파 정당을 창당하고자 제1회 발기준비회를 개최하였다. 당명은 민주통일당으로 결정했으며, 20명의 발기준비위원을 선정했다고 보도되었다.[130] 그러나 참가 인사들의 정치적 영향력이 미약한데다가 자금난 등 여러 가지 현실적인 문제에 부딪쳐, 창당작업은 순조롭게 진척되지 못했던 듯하다.

민주통일당 창당을 준비하면서 홍명희는 『서울신문』에 「나의 정치노선」을 기고하여 자신의 정치적 소신을 밝혔다. 이 글에서 그는 그동안 대다수 민중들이 믿었던 것과 달리 일제 식민지 지배로부터의 해방이 곧 독립을 보장하는 것은 아니며, '미소 양국의 군사점령시기'인 지금 미·소 양국은 조선의 독립을 공약하나 실은 한반도를 자기 세력권에 넣고 싶어한다고 진단하고 있다. 그러므로 우리 민족의 역량으로 독립을 완수하지 못하고 외세에 일방적으로 의존하면 장차 강대국의 '부속국이나 괴뢰국'이 되고 말 것이며, 한반도에서 미·소 양국이 충돌하는 전쟁이 발발할 것이라고 예언하고 있다.

이러한 정세 분석 위에서 그는 식민지시기에 민족주의자와 공산주의자가 민족해방을 위해 공동투쟁했듯이, 완전한

독립국가 건설을 위해서는 좌우 대립을 지양하고 공동투쟁해야 하며, 미·소 양국에 다 같이 우호적인 태도를 취해야 한다고 역설한다. 그리고 이와 같이 "우리들이 가장 정당하다고 믿는 노선으로" 민족을 인도하기 위해 새로 한 정당을 발기한다고 선언하고 있다.[131]

여기에서 홍명희가 독립국가 건설을 위해 좌·우세력이 공동투쟁해야 한다고 주장한 것은 그가 해방 이후에도 식민지시기의 민족협동전선 신간회의 노선을 일관되게 고수하고 있음을 말해준다. 그 무렵 정계에는 극좌부터 극우에 이르는 각양각색의 정당들이 난립했지만 확고한 중간파 정당은 출현하지 않은 상태였고, 당시 정계에서 영향력을 발휘하려면 부득불 정당의 형식을 갖추어야 했으므로, 홍명희는 독자적인 정당을 창당하기로 결심했던 것이다.

1947년 7월 김규식·여운형·안재홍·홍명희 등 정당 사회단체 관계자 100여 명이 시국대책협의회를 결성하고, 김규식과 여운형을 임시주석으로 추대하였다. 시국대책협의회는 좌우합작을 통한 임시정부 수립을 지원하고자 중간파 인사들이 중심이 되어 결성한 협의체 수준의 단체였다. 이와 같이 미소공동위원회 재개와 더불어 중간파의 정치 활동은 아연 활기를 띄는 듯했으나, 얼마 안 가 제2차 미소공동위원회가 결렬되었을 뿐 아니라, 7월 19일에는 좌우합작위원회

와 시국대책협의회를 이끌던 중도 좌파 정치지도자 여운형
이 암살되었다.[132]

　미소공동위원회의 결렬과 여운형의 서거로 더욱 어려워진
여건 속에서도 중간파 정치세력을 광범하게 결집하려는 노
력은 꾸준히 지속되었다. 그리하여 중도 우파 정당인 민주통
일당·민중동맹·신진당·신한국민당·건민회의 주류세력
이 통합하여 그해 10월 민주독립당을 창당하기에 이르렀다.
홍명희를 당 대표로 한 민주독립당은 "민주국가로서의 완전
독립"을 창당 이념으로 제시하고, 22개조에 이르는 '정책'을
발표하였다.[133] 민주독립당의 이념과 정책은 당시 민족의
앞날을 진심으로 우려하는 양심적인 지식인과 민중들의 공
감을 자아내기에 충분할 만큼 호소력 있는 내용으로 되어 있
다. 그러나 구체적인 부분에서는 모호한 데가 적지 않았는
데, 이는 조금씩 사상적 편향을 달리하는 잡다한 세력을 결
집한 중간파 정당의 성격상 어쩔 수 없는 한계를 보여주는
것이라 하겠다.

　민주독립당 창당 직후인 12월에는 이를 기반으로 중간파
정치세력을 망라한 일종의 연맹체인 민족자주연맹이 결성되
었다. 민족자주연맹은 통일독립을 달성하기 위해 연합국과
친선을 유지하면서 중도적인 정치이념을 온건한 방법으로
실천하는 것을 정치적 노선으로 제시하였다. 연맹의 주석에

는 김규식이 추대되었으며, 정치위원으로 홍명희 등 7인이 선임되었다.[134] 홍명희는 민족자주연맹 내에서 김규식에 버금가는 중요한 위치에 있으면서, 남한 단독정부 수립과 남북연석회의 문제와 같은 중요 현안에서 연맹을 애초의 이념대로 확고한 통일독립 노선으로 끌어가고자 노력하였다.

민주독립당 창당과 민족자주연맹 결성을 전후한 시기는 한반도 문제의 유엔 이관과 남한 단독정부수립안, 남북연석회의 추진 등, 향후 우리 민족의 장래를 좌우할 중대 문제들이 속출하던 정치적 고비였다. 미국은 모스크바삼상회의 결의안의 이행을 포기하고 한반도문제를 유엔에 이관했으며, 그 결과 1948년 5월 10일 38도선 이남 지역에서 유엔 감시하에 선거를 실시하기로 결정되었다.

남한 단독정부 수립은 일찍부터 홍명희가 심히 우려하고 그 위험성을 경고해온 바였다. 「나의 정치노선」, 「통일이냐 분열이냐」[135] 등의 글을 통해 그는 분단을 전제로 외세에 의존하여 국가를 건설하려 한다면 한반도에서 미·소가 충돌하는 전쟁이 발발할 것이라고 경고하였다. 홍명희는 민족주의 진영에 속하는 정치지도자들 중 가장 먼저 단독선거 불참을 공식 선언했고, 곧이어 민주독립당도 남한 단독선거에 불참한다는 당의 방침을 정식 결의했다. 민주독립당과 민족자주연맹과 같은 정당 사회단체를 통해 홍명희는 남한 단독정부 수립을 반대하고 통일정부수립운동을 전개하는 한편, 이를 위해 남북연석회의를 적극 추진하였다.

남북한에 각각 단독정부가 수립되는 것을 저지하기 위한 하나의 방도로 중간파 정치세력은 남북 정치지도자들의 회합을 추진했다. 그런데 그 결과 남북연석회의가 성사되고 거기에 김구·김규식 등 거물급 정치지도자들이 참가하게 된 이면에는 홍명희의 역할이 크게 작용했던 것으로 보인다. 후일 여러 증언들에 의하면 홍명희는 남북회담을 위해 북측에서 비밀리에 보내온 성시백·백남운 등과 만나 협의한 후 그 결과를 가지고 김규식과 김구를 설득하기도 하고, 그 측근들과 북의 밀사들과의 접촉을 주선하기도 했다. 또한 남북회담을 위해 홍명희가 그해 2월 비밀리에 평양을 방문했다는 설도 있다.

그리하여 1948년 4월 평양에서 역사적인 남북연석회의가 개최되었다. 이를 위해 좌익계는 물론 김구·김규식·홍명희 등 단독정부 수립에 반대하는 민족주의 계열의 정치지도자들까지 수백 명의 인원이 북행길에 올랐다. 홍명희는 '남북 조선 제정당 사회단체 대표자연석회의'에서 결정서를 낭독하고, 남북의 정치지도자 15인으로 구성된 '남북 조선 제정당 사회단체 지도자협의회'에서도 공동성명서 문안 작성에 참여하는 등 적극적으로 활동하였다.[136)]

남북연석회의는 분단 상황에서 남북의 정치지도자들이 민족문제를 주체적이고 평화적으로 해결하기 위해 회동했다는 점에서 한국현대사에서 지울 수 없는 역사적 의의를 지닌다고 평가된다. 홍명희는 이러한 남북연석회의를 성사시키고 회의에서 구체적인 성과를 도출하는 데 남측 참가자들 중 누구보다도 적극적인 기여를 했다고 볼 수 있다. 이는 북측과의 연계에 의한 행동이라는 설이 있지만, 설령 그것이 사실이라 하더라도, 홍명희가 남북연석회의에 적극 참여한 것은 무엇보다 신간회 활동기부터 민족통일전선 노선을 일관되게 견지해왔던 그 자신의 정치적 소신과 애국 충정의 발로였음이 인정되어야 하리라 본다.

『임꺽정』이 재간되어 반향을 일으키다

8·15해방 이후 월북 이전까지 홍명희는 정치활동으로 다망한 나날을 보내, 개인생활 면에서는 특기할 만한 이야기가 별로 전해지지 않는다. 해방 이후 사회활동을 재개하게 되자, 홍명희는 일제 말 은둔생활을 하던 창동 집을 처분하고 다시 서울의 '문안'으로 이사하였다. 당시 홍명희 일가는 누군가 거저 빌려준 집에서 살았으리라 짐작되는데, 그래도 한 집에서 오래 살 형편은 못 되었던 듯, 사직동·내수동·가회동·인사동 등을 전전하며 안정되지 못한 생활을 하였다.

홍명희의 장남 홍기문은 해방 후 언론계에 몸담고 있으면서 학자로서 활동하는 한편 민주독립당에 가담하여 부친의 정당활동을 도왔다. 과거 오랫동안 조선일보사에 재직한 경력으로 중견 언론인이 된 그는 월북 직전까지 서울신문사 주필 겸 편집국장, 합동통신사 전무취체역 등을 역임하였다. 또한 그는 유수한 국어학자로서 서울대학교 사범대학 등 대학에 출강하면서, 일제 말에 집필한 『정음발달사』와 『조선문법연구』를 잇달아 출간하였다.

홍명희의 차남 홍기무는 서울신문사 출범 당시 문화부장직을 맡았다. 형 기문 못지않게 학식이 뛰어났던 홍기무는 사상적으로 부친이나 형보다 더 급진적인 인물이었다. 그는 휘문고보 재학 시절 광주학생사건 관련으로 일경에 검거되어 혹독한 고문을 당하고 학교에서 제적된 바 있으며, 그 후 요시찰인물로 지목되어 치안을 강화할 필요가 있을 때마다 으레 부친과 함께 며칠씩 예비검속을 당하곤 하였다. 해방 후에는 부친을 따라 민주독립당에 가담한 것으로 되어 있으나, 실은 남조선노동당 비밀당원이었다고 한다.[137]

해방 후에도 홍명희는 오랜 벗이자 사돈인 정인보와 돈독한 우정을 유지하였다. 물론 두 사람의 정치노선과 사회적 활동의 장은 해방 이후 상당히 멀어진 것이 사실이다. 홍명희는 좌익계 문인단체인 조선문학가동맹 중앙집행위원장으로 추대된 반면, 정인보는 우익계 문인들이 그에 맞서 결성한 전조선문필가협회 회장으로 추대되었다. 또한 홍명희가 중간파 정치지도자로 활동한 것과 달리, 정인보는 우익계의 남조선국민대표민주의원과 대한독립촉성국민회 부위원장을 지냈다. 그러나 두 사람은 문단에서의 위치나 정치적인 노선에서 서로간의 거리를 그다지 심각하게 여기지 않았던 듯, 예전과 변함없는 우의를 나누고 있었다.

1948년 초 정인보가 시조집 『담원시조』를 간행할 때 홍명희는 그 표지 제자(題字)를 맡았을 뿐 아니라, 「담원시조를 읽고」라는 시조 형식의 서문을 써 주었다. 이 서문은 홍명희가 손수 쓴 독특한 한글 서예체 글씨 그대로 시조집에 수록되어 있다.

시조의 맛 있으면 아깃자깃 할 뿐이고
시조의 빛 있으면 아롱다롱 할 뿐인 듯
아득한 옛날 향기를 풍기는 건 좋아라

뼈마디 힘줄덩이 틈 있어도 좁으련만
포정(庖丁)의 칼날만은 회회(恢恢)하게 놀더라지
갸륵다 그대의 솜씨 이에 비겨 위이리

반문(班門)에 도채 장난 자랑으론 알지 마소
그대의 재주보고 시늉 한 번 내었노라
법수(法手)에 틀림없는가 가르침을 받고저[138]

　홍명희는 일찍이 최남선의 『백팔번뇌』 발문에서 육당과
달리 자신은 그 "악착"(齷齪)한 시형(詩形) 때문에 "시조를
숭상하지 아니한다"고 부정적인 시조관을 피력한 바 있
다.[139] 이처럼 엄격한 정형율 때문에 시조를 즐기지 않는다
는 그가 『담원시조』에는 굳이 시조로 된 서문을 쓰고 이를
통해 정인보의 시조 솜씨를 극찬한 것은 각별한 우정의 발로
라 하겠다.
　여기에서 홍명희는 『장자』(莊子)에 나오는 '포정해우'(庖
丁解牛)의 고사에 빗대어 정인보의 기량을 칭송하고 있다.
즉 옛날 요리의 명인인 포정은 소를 잡을 때 뼈마디나 힘줄
덩이에 있는 미세한 틈에 정확히 칼날을 집어넣어 칼을 여유
롭게 휘두를 수 있었다는데, 정인보의 솜씨는 그보다 윗길이
라는 것이다. 또한 홍명희는 '반문농부'(班門弄斧)의 고사를
끌어와, 자신이 정인보에게 이 시조를 지어주는 것은 기계의
명인인 반수(班輸) 앞에서 그를 모방하여 도끼로 기계를 만
들려고 한 짓이나 다름없다고 자못 겸양의 뜻을 표하고 있
다. 이러한 홍명희의 시조에 답하여 정인보는 「벽초가 써 보

낸 것을 보고」라는 시조를 지어 역시 『담원시조』의 서두에 실었거니와, 이와 비교해보아도 홍명희의 시조는 순수한 우리말의 음감을 잘 살리면서 한문 고사를 적절히 활용한 솜씨에 있어서 결코 손색이 없다고 생각된다.

해방 후 홍명희는 문인으로서 활동할 겨를이 거의 없었으나, 『임꺽정』 재판이 간행되어 널리 읽힘으로써 다시금 주목받는 작가로 부상하였다. 1948년 2월부터 11월까지 을유문화사에서 『임꺽정』 전6권이 차례로 간행되었다. 이는 일제 말 조선일보사출판부에서 나온 초판 『임꺽정』의 「의형제편」 2권과 「화적편」 2권을 각각 3권으로 나누어 출판한 것이었다. 그런데 당시의 광고들을 보면, 앞의 6권에 뒤이어 신문 연재 당시 중단되었던 「화적편」 제4권과 「봉단편」, 「피장편」, 「양반편」이 차례로 나와 "『임꺽정』의 결정판" 전10권이 간행될 예정이라 되어 있다. 그리고 그중 2권은 새로 집필하는 것이라 덧붙여져 있다.[140]

이로 미루어보면 홍명희는 해방을 맞이하여 『임꺽정』을 완결하고 「봉단편」, 「피장편」, 「양반편」을 수정하려는 의욕을 재차 품었던 것 같다. 특히 그는 1929년 말 투옥으로 인해 신문 연재가 중단된 「양반편」의 말미와, 일제 말에 중단된 「화적편」 종결부를 추가로 집필할 계획이었다. 그리고 초기작다운 미숙성을 안고 있는 「봉단편」, 「피장편」, 「양반편」

에 대해 수정할 뜻을 오래 전부터 품고 있던 그는 이 기회에 구성을 재편하고 크게 손질을 가하고자 한 듯하다.

1947년 언론인 설의식과의 대담[141]을 보면, 설의식이 "지금쯤 임꺽정이가 나왔으면 좋겠는데, 그래 임꺽정이는 아주 쑥 들어가고 말았소?"라며 『임꺽정』 집필 재개를 은근히 권유하자, 홍명희는 "지금 나오면 파쇼게"라는 재치 있는 농담으로 응수하고 있다. 당시 정계에서 '파쇼'란 좌익 진영에서 우익을 공격할 때 쓰던 말인데, 우익 진영은 좌익의 '민주주의'에 맞서 '홍익인간' 등과 같은 국수주의적 민족주의를 표방하였다.[142] 그러므로 그는 '조선 정조에 일관된 작품'인 『임꺽정』이 해방 이후에도 계속 집필된다면 우익 진영의 국수주의에 호응하는 '파쇼적' 작품으로 비난받을지도 모른다고 풍자적으로 말한 것이다.

이어서 중국의 『삼국지』와 같이 한국을 대표하는 위대한 역사소설이 있어야 한다면서 『임꺽정』의 완성을 거듭 권유하는 설의식에 대해 홍명희는 "『삼국지』 없어 낭패될 거 없지"라고 잘라 말하고 있다. 이러한 그의 발언은 통일독립국가 수립이라는 막중한 민족사적 과제에 비할 때 그 같은 역사소설을 완성하는 것은 시급하지 않다는 뜻이라 해석된다. 그러면서도 그는 "허기는 조선 정조를 잃어버리지 말자는 의도 아래서 착수해본 것이었더랬는데……. 그래서 용어 선택도 조심해서 하고 했지만"이라고 하여, 『임꺽정』을 완결하는 데 적지 않은 미련이 남아 있음을 드러내고 있다.

그러다가 이듬해 을유문화사에서 『임꺽정』 재판을 간행하게 되자, 홍명희는 출판사측의 강력한 요청에 따라 이 작품을 완결하려는 의욕을 품게 되었던 듯하다. 그러나 이와 같은 계획은 『임꺽정』 재판이 차례로 출간되던 1948년 홍명희가 남북연석회의 참가차 북에 갔다가 그곳에 잔류하게 됨에 따라 무산되고 만다.

『임꺽정』은 연재 당시부터 워낙 널리 알려져 있었고 독자 대중에게 인기 있는 작품이었으므로, 해방 후 다시 출판되자 독서계에 크게 주목받는 읽을거리로 재등장하게 되었다. 당시 을유문화사판 『임꺽정』을 읽은 독자 가운데는 해방 전에 일본어로만 교육을 받다가 해방 후 한글을 처음 깨친 학생층이 많았던 듯하다. 감격스러운 해방을 맞이하여 우리글을 읽는 재미를 붙이기 시작하던 청소년 학생들에게 『임꺽정』은 말할 수 없이 매력적인 읽을거리였음에 틀림없다.

주지하다시피 홍명희의 『임꺽정』은 작가의 정치적 행적으로 인해 남한에서는 한국전쟁 이후 금서가 되어 1985년 사계절출판사에서 또 다시 간행될 때까지 오랫동안 절판이 되어버렸다. 그러나 『임꺽정』 재판이 해방 후에 등장한 새로운 세대의 독자들에게 널리 보급되어 읽힘으로써, 분단시대 남한에서도 홍명희의 존재는 완전히 잊히지 않고 걸작을 남긴 전설적인 문호로 그 명성이 희미하게나마 이어지게 된 것이다.

해방 후 홍명희는 문학에 관한 글을 따로 쓸 겨를이 없었지만, 이태준·이원조·김남천과 가진 「벽초 홍명희선생을 둘러싼 문학담의」, 시인 설정식과 가진 「홍명희·설정식 대담기」와 같은 중요한 대담 기록을 남겼다. 조선문학가동맹의 핵심인물인 이들과의 대담을 통해 홍명희는 자신의 문학관과 우리 문학의 당면과제에 대한 견해를 진지하게 피력하였다.

우선 홍명희는 문학을 정치에 예속된 것으로 보는 속류 좌익 문학관에 대해 비판하는 한편, 우익측 문인들이 주장하는 이른바 '순수문학'에 대해서는 더욱 부정적인 견해를 취하였다. 그는 문학이 '인생'과 '정치'를 떠나서는 존재할 수 없다고 보면서도, 문학은 어디까지나 '문학을 통해서' 그에 기여하는 것이며 그 나름의 '독자성'을 상실하면 예술로서의 존재 가치가 없다고 보았다.

또한 그는 일관되게 리얼리즘 문학을 주장하였다. 문학에 있어서 '사실'을 가장 중시하고 시류에 굴종하지 않는 '반항정신'을 예찬하며, 작품을 통해 제시하려는 주제나 사상을 자신의 절실한 문제로 충분히 내면화하는 작가적 성실성을 강조하였다.

한편 홍명희는 해방 직후의 낙후된 현실을 고려할 때 "조선 작가의 당면과제는 봉건적 잔재를 제거하는 새로운 아동문학과 농민문학을 수립하는 것"이라고 하여, 계몽문학의 중요성을 역설하였다. 당시 현실에서는 현학적이고 유희적인 성격의 지식인 문학을 창작하는 것보다 대중을 계몽하여 전체적인 문화 수준을 끌어올리는 것이 더 시급하다고 본 때문이다.

끝으로 홍명희는 역사소설은 '궁정비사'를 배격하고 민중의 사회사를 지향해야 한다는 견해를 피력하였다. 즉 지배층 중심의 사건 나열에 그치지 말고, 각 사건의 시대적 배경을 살리면서 그 원인을 광범한 사회적 인과관계에서 찾는 방식으로 그려야 한다는 것이다. 이러한 그의 역사소설관은 루카치가 『역사소설론』에서 개진한 이론과 상통하는 것으로, 식민지시기와 해방 직후의 문단을 통틀어 가장 독창적이고 선진적인 견해를 제시한 것이라 할 수 있다.[143)]

북에서 보낸 만년
—1948년부터 1968년까지

조선민주주의인민공화국 부수상이 되다

홍명희가 1948년 남북연석회의에 참가한 뒤 북에 남게 된 경위와 내막은 분단 상황이 지속되고 있는 관계로 명확히 파악하기 어렵다. 여기에서는 현재 입수 가능한 자료의 범위 내에서 그가 평양에 남아 북한 정권에서 고위직을 역임하기에 이른 배경을 살펴보고자 한다.

남북연석회의 참가자들은 1948년 4월 25일 평양에서 열린 '남북연석회의 지지 평양 시민대회'를 참관하고 황해제철소 등 북한의 산업 시설을 시찰하였다. 그 직후에 가진 기자 회견에서 홍명희는 남북연석회의의 성과와 북한의 현실에 대해 매우 긍정적으로 평하였다. 평양의 시민대회에 대해 "남조선의 군중대회와는 비율(比率)할 수 없을 만큼 굉장하게 생색(生色)이 있다"고 논평했으며, "황해제철소를 시찰

하고는 북조선의 모든 건설 사업이 잘 되어가고 있다는 것을 실제로 보았다"고 술회하였다.[144]

홍명희가 평양 시민대회에 대해 그토록 호의적으로 말한 것은 당시 평양 시민들이 강제로 동원된 것이 아니라 남북연석회의를 진심으로 지지하여 자발적으로 적극 참여한 것으로 보았기 때문이라 짐작된다. 황해제철소를 시찰하고 북한의 산업 건설에 대해 높이 평가한 것은 남북연석회의에 참가했던 남측 인사들의 공통된 반응이었다.[145] 해방 후 산업 전반이 마비되다시피했던 남한의 실정에 비추어볼 때 황해제철소가 가동하고 있는 장면은 홍명희에게 깊은 감명을 주었으며, 북의 지도부의 역량을 높이 평가하고 북한의 장래에 대해 낙관하게 된 중요한 계기가 되었던 것 같다.

김구·김규식 일행은 5월 4일 평양을 출발하여 다음날 38선을 넘어 남으로 귀환하였다. 한편 홍명희는 개인사정으로 남아 평남 맹산으로 갔다고 보도되었다. 당시 맹산의 이웃 고을인 성천에는 홍명희의 서조모(庶祖母) 신씨와 서숙(庶叔) 홍태식(洪台植)이 살고 있었으므로, 그들을 만나기 위해 간 것이라 짐작된다.[146]

그러나 홍명희가 김구·김규식 일행과 함께 귀환하지 않고 북에 남은 것은 친척과 상봉하려는 목적에서만은 아니었다. 그 무렵의 가장 중요한 사건은 5월 6일 그가 김일성과 단독 회담을 가진 것이다. 그 날의 회담 내용은 김일성이 일방적으로 한 담화의 형태로 윤색되어 『김일성전집』에 수록되어 있으므로, 두 사람 간에 어떠한 대화가 오갔는지를 대강 짐작할 수 있다.

『김일성전집』 중 「홍명희와 한 담화」에 의하면 그날 회담의 서두에서 김일성은 홍명희가 식민지시기에 일제와 타협하지 않고 양심적인 지식인으로서 살아온 데 대해 높이 평가하였다. 아울러 해방 후에도 미국의 회유를 물리치고 애국적인 활동을 한 것을 칭송하면서, 그가 '김일성장군 무정장군 독립동맹 환영준비회' 위원장이었던 사실을 특별히 언급하며 감사를 표하였다. 이어서 김일성은 남한 단독정부 수립을 저지하고 민주적인 통일정부를 수립할 것을 역설한 끝에 그에게 앞으로의 거취를 물었고, 이에 홍명희는 북한 잔류 의사를 밝혔던 듯하다. 김일성은 홍명희에게 이제 남으로 귀환하면 정치활동을 자유로이 할 수 없을 뿐 아니라 신변이 위태로울 수 있다고 염려하면서 "여기서 우리와 함께 손잡고 일합시다"라고 북한 잔류를 권유하였다. 그리고 "우리는 선생에 대하여 큰 기대를 가지고 있습니다. 나는 선생께서 우리 조국과 인민을 위하여 훌륭한 일을 많이 하여 주리라고 믿습니다"라며 그에 대한 큰 기대를 표명하였다.[147]

이와 같은 김일성의 담화 내용을 분석해보면, 당시 홍명희가 어떠한 기대를 가지고 북에 남을 것을 결심했는지 짐작해 볼 수 있다. 북측이 남한 단독정부 수립에 대비하여 별도의 단독정부 수립을 추진하고 있던 사실을 홍명희가 어느 정도 알고 있었는지는 판단하기 어렵다. 다만 그는 북측이 설령 단독정부를 수립하더라도 장차 분단을 극복하고 통일정부를 추구하는 방향으로 나아가리라고 믿었던 것이 아닌가 한다. 그러므로 일단 남과 북에 각각 단독정부가 수립되는 것을 막을 수는 없다 해도, 북측의 통일정부 수립 의지가 분명하다면 자신도 그곳에 남는 것이 민족통일을 위해 기여할 여지가 더욱 크다고 본 것 같다.

다음으로, 홍명희는 해방 후 북의 발전상과 이를 이루어낸 그곳 지도부의 역량을 매우 높이 평가했던 것으로 보인다. 남북연석회의 참가 후 귀환한 김구와 김규식도 북의 발전상을 높이 평가한 것을 보면, 그들보다 사회주의에 대해 더 호의적이었던 홍명희가 북의 현실로부터 훨씬 더 긍정적인 인상을 받았으리라는 점은 쉽게 짐작할 수 있다. 또한 당시 북의 지도자들은 대부분 항일운동 경력의 소유자로서 북한 사회의 발전을 위한 진정한 열의를 지닌 인물들로 비쳤을 뿐 아니라, 남북연석회의에 참가한 남측 지도자들을 극진하게 환대하였다. 그리하여 김일성을 비롯한 북의 지도자들에 대해 신뢰와 호감을 갖게 된 점도 홍명희가 북에 남을 결심을 하게 된 요인의 하나였을 것이다.

남북연석회의 참가차 북행한 남측 인사 400여 명 중 홍명희처럼 북에 잔류한 사람은 70명가량이었다. 그중에는 홍명희 외에도 허헌·백남운·이극로 등 거물급 인사들이 다수 포함되어 있었다.[148]

1948년 8월 중순 홍명희의 일가족은 38선을 넘어 평양에 도착하였다. 이는 그해 5월 김일성과의 회담 이후 북에 남을 것을 결심한 홍명희가 장남 기문에게 편지를 보내 지시한 데 따른 것이었다. 남북연석회의가 끝난 후 홍명희는 가족을 남쪽에 둔 채 혼자 생활하고 있었다. 특히 그해 7월 2일은 양력으로 그의 환갑날이었는데, 공교롭게도 그 뜻 깊은 날을 북에서 홀로 맞게 된 것이다. 그런데 김일성이 홍명희의 환갑날을 기억하고 자신의 전용차를 보내 그를 자택으로 초청하여 환갑상을 차려주었을 뿐 아니라, 새 양복 한 벌을 선물하여 그를 감격케 했다는 이야기가 전한다.[149]

월북한 홍명희 일가는 부인 민씨와 세 딸, 장남 기문 일가, 차남 기무 일가, 그리고 아우 홍성희 일가 등이 포함되었던 듯, 20명이 넘는 대식구였다고 한다. 계모 조씨는 선산이 있는 괴산을 떠나지 않겠다는 의사를 고집했던지 제월리 집에 남았다. 평양에 도착한 홍명희 일가에게 김일성은 자기가 살던 집과 그에 딸린 가재도구를 고스란히 내주는 등 파격적인 대우를 했다고 한다. 그리하여 일가족이 모두 평양에 안착함으로써 홍명희는 북한에서 새 삶을 시작하려는 강한 의욕을 느끼게 되었던 듯하다.[150]

한편 남한에서는 김구·김규식 등 단독정부 수립을 반대하는 세력의 불참에도 불구하고 1948년 5월 10일 제헌국회의원 선거가 실시되어, 5월 31일 제헌국회가 개원하였다. 7월에는 헌법이 공포되고 국회에서 정·부통령이 선출되었으며, 8월 15일에는 이승만을 대통령으로 하는 대한민국 정부가 수립되었다.

이에 맞서 북에서는 조선민주주의인민공화국 창건을 서두르게 되었다. 북측은 정권의 정통성을 위해 '통일중앙정부'를 표방했으므로, 남측 인사들이 정권 수립에 참여하는 형식을 갖추기 위해 복잡한 절차를 거치게 되었다. 그리하여 우여곡절 끝에 8월 25일 조선최고인민회의 선거가 실시되었고, 남조선 대의원 360명, 북조선 대의원 212명으로 이루어진 조선최고인민회의가 구성되었다. 민주독립당에서는 홍명희를 비롯한 20명의 당원들이 대의원에 당선되었는데, 남한에서의 당세로 보든 좌익이 아닌 중간파라는 당의 성격으로 보든 의외일 만큼 의석수를 많이 차지한 셈이었다.

1948년 9월 9일 조선민주주의인민공화국 정부가 수립되자, 홍명희는 일약 부수상에 임명되었다. 조선최고인민회의 상임위원장에는 김두봉이, 수상에는 김일성이 선임되었다. 부수상에는 박헌영·홍명희·김책 3인이 임명되었는데, 그 중 외무상을 겸한 박헌영, 산업상을 겸한 김책과 달리 홍명희는 다른 각료직을 겸하지는 않았으나, 교육·문화 부문을 지도하는 역할을 맡았다고 한다.[151]

월북 이전 남한에서는 중간파에 속하는 군소정당인 민주독립당의 대표로서 정치적 영향력이 별로 크지 않았던 홍명희가 북한 부수상에 임명된 사실은 많은 사람들을 깜짝 놀라게 했을 것이다. 홍명희 자신도 북한 잔류를 결심할 때 그토록 중용되리라고는 기대하지 않았을 것이다.

당시 홍명희가 일약 고위직에 발탁된 이유는 무엇보다도 북측이 '통일중앙정부'를 표방한 데에서 찾을 수 있으리라 본다. 홍명희는 식민지시기 신간회 지도자로서 민족통일전선을 상징하는 인물이며, 남한 출신 인사들에게 폭넓은 호감을 받고 있었을 뿐 아니라, 투철한 민족주의자로 널리 알려져 있으면서도 공산주의에 대해 우호적이었다. 이렇게 볼 때 그를 고위직에 등용한 것은 남북한과 좌·우를 아우른 거국내각을 표방하려는 북측의 의도에 매우 적합한 조치였을 것이다. 게다가 김일성으로서는 남한 출신인 홍명희를 부수상으로 발탁하고 민주독립당을 우대함으로써 북조선노동당과 경쟁 관계에 있는 남조선노동당을 견제하는 효과를 기대할 수도 있었다.

뿐만 아니라 홍명희가 부수상에 임명되고 나아가 그 이후 몇 차례에 걸친 숙청 바람에도 불구하고 끝까지 정치적 생명을 유지한 데에는 그와 김일성 간의 개인적인 호감도 어느 정도 작용하지 않았나 한다. 홍명희 일가가 월북했을 때 김일성이 자기 집과 가재도구를 고스란히 내주었다는 일화를 포함하여, 김일성이 한결같이 홍명희를 극진하게 보살피고 홍명희는 김일성을 굳게 믿고 의지했음을 말해주는 일화들이 북에서는 전설처럼 전해오고 있다. 이로 미루어볼 때, 김일성은 진보적이고 양심적인 민족주의자이며 학식과 기품을 갖춘 홍명희에 대해 남다른 호감을 가지고 있었고, 홍명희 또한 일찍이 항일무장투쟁에서 혁혁한 공로를 세웠다는 청년 지도자 김일성이 자신을 극진하게 대우함에 따라 깊은 신뢰를 갖게 되었던 것 같다.[152]

그러나 북한에서 홍명희는 외견상 화려한 직책을 지녔을 뿐 실제 권력과는 거리가 멀었으며, "단지 공산주의자들의 통일전선 이론에 부합되면서 김일성과 개인적인 관계를 맺고 있던 명목상의 지도자였을 뿐"이었다고 분석된다.[153]

어쨌든 그는 그 후 몇 차례의 숙청 바람에도 불구하고 건재하여 사망 시까지 고위직에 있었을 뿐 아니라, 그의 사후에는 장남 홍기문이 조국평화통일위원회 위원장, 조선최고인민회의 상설회의 부의장 등의 중책을 계승했으며, 그 뒤에도 손자 홍석형이 부총리 겸 국가계획위원장에 발탁되는 등 후손에까지 고위직이 이어졌다. 또한 북한에서 민주독립당은 하부조직도 지방조직도 없이 형식적으로만 존재하는 당이었음에도 불구하고, 홍명희를 따라 월북한 60여 명의 당원들은 그의 후광으로 상당한 직위에 기용되었으며, 남조선노동당 계열이 숙청될 때에도 건재할 수 있었다.[154]

과학원장과 조국평화통일위원회 위원장을 맡다

북한 정권 수립 이듬해인 1949년 2월 22일부터 4월 7일까지 홍명희는 수상 김일성을 단장으로 한 조선민주주의인민공화국 정부대표단의 일원으로 소련을 방문했다. 정부 수립후 최초로 소련을 공식 방문한 대표단은 소련과 '조소경제문화협정'을 비롯하여 몇 가지 중요한 협정을 체결했다. 그들은 스탈린과 회견했으며, 레닌묘, 모스크바종합대학, 동궁박물관 등을 둘러본 다음 레닌그라드 등지를 여행하고 귀국하였다.[155]

홍명희는 청년시절 10여 년 동안 일본과 중국은 물론 머나먼 난양에서까지 다채로운 해외경험을 쌓았지만, 1918년 귀국한 이후에는 일본에조차 다시 가지 않고 식민지시기 내내 국내에만 머물러 있었다. 그러던 그가 30여 년 만에 다시 해외여행을 하게 된데다가, 자신이 한때 그곳에 유학가기를 꿈꾸었을 정도로 동경하던 러시아를 방문하게 된 것이다. 그것도 분단된 상태로나마 나라를 갖게 되어 정부 대표단의 일원으로 소련을 방문하게 되었으니, 그는 무척 감회가 깊었을 것이다.

귀국 후에 열린 조선최고인민회의 제3차회의에서 홍명희는 김일성의 소련 방문 보고에 대해 토론했으며, 평양과 함흥에서 열린 소련 방문 정부대표단 귀환 보고대회에서 연설하였다. 또한 당시의 여행담은 그해 말 『로동신문』의 특집 「스딸린 탄생 70주년에 제하여」에 기고한 「스딸린선생의 인상」에도 피력되어 있다.

조선최고인민회의에서 발표한 토론문에서 홍명희는 정부 대표단이 모스크바에서 소련과 여러 협정들을 체결함으로써 공화국의 위신을 제고했음을 자화자찬하고, "우리와 같은 후진국가"와 "평등 호혜적 협정"을 맺은 사회주의 종주국 소련에 대해 신뢰와 감사를 표하였다. 그리고 제반 건설사업, 여성의 사회적 진출, 문화유산의 보존 실태, 공장의 복지시설과 문화시설 등 여러 면에서 사회주의 소련의 발달상을 예찬하였다.

또한 「스딸린선생의 인상」에서 홍명희는 레닌의 혁명 계획을 "천재적으로 수행"한 스탈린의 업적을 높이 평가하고,

"현재 생존하면서 세계 역사에 대서특필한 역사상 위인"인 스탈린과 장시간 회견한 것을 크나큰 영광으로 여긴다고 하였다. 그리고 크레믈린에서 만찬이 끝난 뒤 차를 마시기 위해 다른 방으로 이동하던 중, 앞서 인도하던 스탈린이 오른편 방문 하나를 열어젖히고는 "뚜알레뗴"라고 웃으며 일러주어 화장실에 가고 싶은 손님들을 배려해준 일화를 소개하면서, 이를 통해 스탈린의 인간적이고 자상한 면모를 엿볼 수 있었다고 전하고 있다.[156]

홍명희가 남긴 이상과 같은 세 종류의 소련 기행담을 보면 북한에서 상투적으로 쓰이는 어법으로 미루어 부분적으로 가필한 흔적이 느껴지기는 하나, 평소 홍명희의 어투가 생생하게 살아 있는 부분이 큰 비중을 차지하고 있다. 이렇게 볼 때 당시 홍명희는 사회주의 혁명 이후 소련의 번영상과 약소국 북한을 대하는 태도, 그리고 소련의 지도자 스탈린의 인간적 면모에 대해 매우 긍정적인 생각을 지니고 있었음을 짐작할 수 있다. 월북 이전에는 미국과 마찬가지로 소련에 대해서도 경계하고 비판하는 자세를 견지하던 홍명희는 소련 방문 이후에는 제2차 세계대전을 승리로 이끌고 북한 정부 대표단을 외견상으로라도 평등한 친선 대상으로 대우해준 소련 지도부와 스탈린에 대해 진심으로 호의적인 자세를 지니게 되었던 것 같다.

1950년 6월 25일 한국전쟁이 발발하자, 홍명희는 김일성을 위원장으로 한 군사위원회의 일원으로 임명되었다. 군사위원회는 한국전쟁 시기 군사 부문은 물론 일체의 사항에 대해 주권을 위임받은 북한의 최고 권력기구로서, 김일성과 홍명희 이외에 박헌영·김책·최용건·박일우·정준택의 6인으로 구성되었다.

월북 이전 홍명희가 발표한 논설과 담화에서 거듭 확인되듯이, 분단으로 인한 동족상잔은 그가 가장 우려하고 거듭 경고하던 파국적 상황이었다. 한국전쟁 발발 이전 김일성의 전쟁 계획에 대해 홍명희가 어떤 태도를 표명했는지는 현재로서는 정확히 알 수 없지만, 그가 내심 반대하는 입장이었으리라는 점은 쉽사리 추측할 수 있다. 한국전쟁에 관한 한 연구에 의하면, 전쟁 개시에 대해서는 북한 최고 지도부 수준에서도 사전에 완전히 합의를 보지는 못했었다고 한다. 그리하여 김일성·박헌영·김책 등 강경파가 최용건·김두봉·홍명희 등 온건파를 누르고 전쟁을 감행했다는 것이다.[157] 물론 당시 홍명희는 그 위치로 보아 전쟁을 적극적으로 반대할 수는 없었을 것이고 소극적으로 반대하는 데 머물렀을 것이라 추측된다.

한국전쟁 시기 홍명희는 어쩔 수 없이 전쟁 수행에 책임을 지는 군사위원회의 일원이 되었을 뿐 아니라, 여러 면에서 고통스럽고 곤혹스러운 처지에 놓이게 되었다. 인민군이 남하함에 따라 국군이 충청북도 지역에서 후퇴하기 직전인 7월 6일, 괴산에 남아 있던 홍명희의 계모 조씨가 국군에 의해 총살당했다. 그 소식이 북에 알려지자 김일성은 홍명희를 직접 방문하여 위로하고, 홍기문을 현지에 보내 시신을 잘 안치하도록 했다고 한다.[158] 분단 이후 자신이 그토록 우려해오던 동족상잔이 벌어진 것만도 가슴 아픈데, 고향에 남은 계모 조씨가 아들의 정치적 행적으로 인해 살해된 것은 홍명희에게 이루 말할 수 없이 고통스럽고 죄스러운 일이었을 것이다.

뿐만 아니라 전쟁 초기에 납북된 남한의 각계 요인들 중에 그와 절친한 지인들이 다수 포함된 사실도 홍명희를 몹시 곤혹스럽게 했으리라 짐작된다. 남한의 각계 요인들에 대한 북측의 소위 '모시기 공작'은 군사위원회 8호 결정에 따른 것으로서, 북으로 데려갈 인사들을 선별하여 집결시킨 후 그들을 통일전선체에 가담시킬 사람, 재교육할 사람, 법으로 제재를 가할 사람 등으로 분류하여 처리하고자 한 것이다.[159] 납북 인사 중 홍명희와 가까운 인물로는 고모부인 조완구(趙琬九), 사돈이자 절친한 벗인 정인보, 신간회 동지 안재홍, 민족자주연맹을 함께 이끌던 김규식, 상하이 시절의 동지 조소앙, 일본 유학시절의 벗이자 문단 동료인 이광수, 조선일보사 사장으로서 개인적으로도 친분이 각별하던 방응모, 홍명회를 따르던 후배 문인 김동환 등을 들 수 있다.

게다가 1950년 가을 이후 전세가 역전되자, 피랍 인사들은 패퇴하는 인민군을 따라 북으로 끌려가는 도중 모진 고초를 겪었으며 사망자도 다수 발생하였다. 그해 10월경에는 평양에서 강계까지 끌려가던 중 신병으로 사경을 헤매고 있던 이광수가 인편으로 구조를 요청해와 홍명회는 김일성의 허락을 받고 그를 데려다 간호했으나, 이광수는 결국 사망했다고 한다.[160] 또한 12월에는 김규식이 병사하여, 홍명회는 장례위원장으로서 그의 장례식을 집행하였다.[161] 비록 자신이 직접 지시하거나 수행한 일은 아닐지라도, 홍명회는 군사위원회의 일원이었던 만큼 요인들의 납북에 대해 책임감을 느끼지 않을 수 없었을 것이다.

그러한 여러 가지 심적 고통 때문이었던지, 한국전쟁이 끝나가던 무렵 홍명회는 사경을 헤맬 정도로 심하게 앓았다고 한다. 북의 작가 현승걸은 이렇게 전한다.

1952년 1월 13일에 있은 일이다. 선생의 병이 중하여 더는 어떻게 손을 쓸 수가 없게 되었다. 가족도 의사도 노환이니 할 수 없다고 하였다. 그러나 선생은 기적적으로 병석에서 일어났다. 평소에 늘 좋아하던 정갈한 숲속 공기

좋은데 병실을 옮기고 치료를 한 것이 효과를 보았겠지만 자리에서 일어나게 되었을 때 선생은 통일을 보기 전에는 눈을 감을 수 없었던, 자신의 그때 절박하였던 심정을 토로하고 그것이 자신을 다잡게 하고 병을 이기게 하였다고 하였다.[162]

다행히도 홍명희는 죽음의 고비를 넘겼으나, 이듬해인 1953년에는 부인 민순영이 세상을 떠났다.[163]

그 후 홍명희는 평소 병약한 체질에도 불구하고 팔순이 넘도록 장수했으며, 사망 시까지 고위직에 남아 있었다. 북한 정권 수립과 동시에 임명된 제1차 내각의 부수상 3인 중 김책은 한국전쟁 때 사망하고 박헌영은 전쟁 후 숙청당했으나, 홍명희만은 건재하여 1957년 9월 제2차 내각에서 부수상으로 재임되었다. 제2차 내각의 부수상은 홍명희·김일·정일룡·남일·박의완·정준택의 6인으로, 북한 정권 후 제1, 2차 내각에서 연이어 부수상을 지낸 인물은 홍명희가 유일하였다.

1962년 10월에 홍명희는 제3기 조선최고인민회의 상임위원회 부위원장에 선임되었다. 상임위원회 위원장에는 최용건이 재선되었으며, 부위원장에는 홍명희·박정애·강량욱·백남운·박금철의 5인이 선임되었다. 당시 홍명희가 부수상직 임기 만료와 동시에 조선최고인민회의 상임위원회 부위원장이 된 것은, 연로한 관계로 정치 일선에서 물러나 상징적인 의미가 더 큰 직위에 머무르게 되었음을 의미하는 것으로 보인다.

그 후 사망하기 몇 달 전인 1967년 12월, 홍명희는 제4기 조선최고인민회의 상임위원회 부위원장으로 재선되었다. 상임위원회 위원장은 여전히 최용건이었으며, 부위원장에는 홍명희 · 박정애 · 강량욱 · 리영호의 4인이 선임되었다.[164)

한편 홍명희는 식민지시기부터 학자로서도 명망이 높았던 만큼, 북한의 학계를 총괄적으로 지휘하는 위치에 있었다. 1952년 10월 9일에 채택된 과학원 조직에 관한 내각 결정에 따라, 그는 조선민주주의인민공화국 과학원 초대 원장에 임명되었다. 이와 아울러 우수학자들이 원사(10명)와 후보원사(15명)로 임명되었는데, 홍명희는 원사가 되었다. 또한 당시 규정상 과학원장은 상무위원회 위원장을 겸임하도록 되어 있었으므로, 홍명희는 그해 11월 5일 과학원 창립총회에서 상무위원회 위원장으로도 선임되었다. 과학원은 12월 1일에 개원식을 거행하고 정식으로 업무를 시작하였다. 당시 내각 부수상이기도 했던 홍명희는 그 후 약 4년간 과학원장을 겸임하다가, 1956년 1월 21일 과학원장직을 사임하고 과학원 중앙위원회 상무위원이 되었다.[165)

식민지시기 신간회 지도자로 널리 알려져 있던 홍명희는 북한에서 민족통일전선을 상징하는 인물로서, 북한이 주도하는 통일운동을 대표하는 인물로 추대된 경우가 많았다. 1949년 6월 북한에서 조국통일민주주의전선이 결성되자, 홍명희는 중앙상무위원회 위원으로 선임되었다. 조국통일민주주의전선은 이전의 민족통일전선 기구인 남조선민주주의민족전선과 북조선민주주의민족전선을 통합하고, 과거 남조선민주주의민족전선에 참가하지는 않았지만 북한 정권 수립에 참여한 민주독립당·민주파한독당·건민회 등 우익 또는 중간파 정당 사회단체들을 망라하여 결성한 조직이었다. 그 취지는 남북연석회의의 정신을 계승하여 북한 정권 수립 이후의 현실에 적합한 새로운 평화통일 방도를 협의한다는 것이었다. 1957년 12월 홍명희는 조국통일민주주의전선 제2차 대회에서 김일성·홍기황·김달현·한덕수·김천해·이영과 함께 중앙위원회 의장단의 일원으로 선출되었다.[166]

1961년 5월 13일 평양에서 조국평화통일위원회가 결성되었다. 홍명희는 결성대회에서 보고 연설을 했으며, 조국평화통일위원회 상무위원 겸 초대 위원장으로 선출되어 사망 시까지 재임하였다. 조국평화통일위원회는 남한에서 4·19 이후 평화통일운동이 활발해지자, "김일성의 영도 밑에 공화국 북반부의 사회주의 역량과 남반부의 애국적 민주역량을 단합하여 나라의 자주적 평화통일을 이룩할 목적"으로 결성되었다. 오늘날에도 남북관계에서 중요한 역할을 하고 있는 조국평화통일위원회는 남북통일과 대남문제를 전담하여 다루는 민간사회단체적 성격을 가진 정치조직이자 선전실무기구이다. 조국평화통일위원회의 위원장·부위원장·상무위원·위원은 모두 비상임 겸직으로서, 여기에는 각 정당 사회단체의 지도급 인사들이 망라되었다.[167]

한편 홍명희는 조선올림픽위원회 위원장직을 맡기도 하였다. 그가 언제부터 조선올림픽위원회 위원장이었는지는 불분명하나, 올림픽에 출전할 남북 단일 선수단 구성 문제와 관련하여 1959년 7월 4일 국제올림픽위원회 위원장에게 전문을 보낸 사실로 미루어, 이전부터 그 직책을 맡고 있었음을 알 수 있다. 홍명희가 조선올림픽위원회 위원장에 임명된 것은, 올림픽대회에 참가할 남북 단일팀 구성을 추진하는 데 민족통일전선의 상징적 인물로서 남북한에 두루 알려진 그가 적임자였기 때문이었으리라 짐작된다. 북한이 단일팀 구성을 제의하여 한때 남북한 간에 교섭이 빈번하기도 했으나, 결국 올림픽 대회 참가 남북 단일팀 구성은 아직까지 한 번도 성사되지 못하였다.[168]

홍명희는 81세 되던 해인 1968년 3월 5일 마침내 노환으로 별세하였다. 그의 마지막 모습을 손자 홍석중은 이렇게 전하고 있다.

1968년 초봄, 아직 음달에 흰눈이 그대로 눈에 띄우던 어느 날 나는 아버지와 함께 할아버지를 뵈우러 갔었다. 무슨 예감을 느끼셨던지 그날따라 할아버지의 표정은 전에 없이 침중하셨다. 이윽히 아버지를 쳐다보시다가 조용하게 말씀하셨다.

"난 못 가보는가부다. 너나 가 봐라."

물론 두고 떠나 온 고향을 그리시는 말씀일 것이다.

그때로부터 며칠이 지난 3월 5일, 창 밖에서 쏟아지는 진눈깨비를 내다 보시며 세상을 떠나셨다.[169]

홍명희가 사망한 다음날 『로동신문』에는 조선민주주의인민공화국 최고인민회의 상임위원회 명의로 큼지막한 부고가 실렸으며, 상임위원장 최용건을 위원장으로 하는 장의위원회가 구성되어 성대한 장례식을 치렀다.

현재 홍명희는 평양시 형제산구역 신미동에 위치한 애국열사릉에 부인 민순영과 함께 안장되어 있다.

『림꺽정』의 간행과 북에서의 문필활동

월북 이후 홍명희는 고위 공직자이면서 동시에 북한 문화계를 대표하는 인물이라 할 수 있었지만, 정작 문인으로서의 활동은 거의 하지 않았던 것으로 보인다. 오랫동안 남한에서는 홍명희가 북에서 『임꺽정』의 말미 부분을 집필하여 드디어 작품을 완결했다는 풍문이 떠돌았으나, 북에 있는 동안 홍명희는 여러 가지 이유로 『임꺽정』 집필을 재개하기 어려운 형편이었던 듯하다.

다만 1948년 남한의 을유문화사에서 『임꺽정』 재판이 간행되어 인기를 모았듯이, 북한에서도 1950년대에 『림꺽정』이 재간되어 널리 읽힘으로써 다시금 그의 작가로서의 명성을 확인하게 해주었다. 1954년 12월부터 이듬해 4월까지 평양 국립출판사에서 『림꺽정』 「의형제편」 상·중·하, 「화적편」 상·중·하 전6권이 간행되었다. 국립출판사판 『림꺽정』은 을유문화사판과 마찬가지로 일제 말 조선일보사출판부에서 간행되었던 초판의 4권을 6권으로 나누었을 뿐, 내용면에서나 표현상으로나 원작과 크게 다름이 없는 상태로 출판되었다.

그동안 구하기 어렵던 『임꺽정』이 북한에서 다시 간행되어 널리 보급되자, 많은 독자들이 기뻐했음은 물론이다. 당시 평양 국립출판사 문학예술부장으로 재직한 이철주의 증언에 의하면, 그는 식민지시기에 자신이 애독했던 『임꺽정』을 국립출판사에서 간행한 뒤 주위 사람들로부터 "좋은 말을 많이 들었다"고 한다. 이어서 그는 덧붙여 말하기를 "그러나 이 책은 내가 월남한 뒤 회수되었다"고 하였다. 일설에 의하면 북한판 『림꺽정』이 출간되자 일각에서는 이 작품이 북에서 중시하는 계급투쟁적 성격이 미약하다는 등의 이유로 시비가 일기도 했으므로, 얼마 후 홍명희가 자진해서 『림꺽정』을 절판시켰다고 한다.[170]

그 이후 북한에서는 홍명희가 『임꺽정』을 쓴 작가라는 사실에 대해 가급적 언급하지 않는 분위기로 바뀌었던 듯하다. 홍기문의 술회에 의하면 1956년 8월 종파사건 당시 "양반 출신의 인테리"임을 빌미로 홍명희를 축출하려는 반대파가 있어 홍명희가 부수상직을 사임하겠다는 의사를 표명하자, 김일성은 "홍명희선생이 성분이 어떻단 말인가. 과거 『림꺽정』을 썼으면 또 어떻단 말인가. 오랜 인테리인 것은 사실이나 왜정 세월에 일본놈들과 타협하지 않았으니 애국자가 아닌가"라며 홍명희를 두둔했다고 한다.[171] 이와 같은 일화에서 드러나듯이, 북에서 고위 공직자로 재직하고 있는 동안 홍명희는 『임꺽정』의 작가로 추앙받기는커녕 오히려 『임꺽정』의 작가라는 것이 정치적인 약점이 되어 있던 상황이었다.

뿐만 아니라 1968년 3월 홍명희가 타계한 뒤 『로동신문』에 실린 부고를 보면, 놀랍게도 약력란에 그가 불후의 명작 『임꺽정』을 남긴 사실이 전혀 언급되어 있지 않다. 홍명희가 식민지시기 반일운동으로 인해 옥고를 치른 사실을 적은 뒤 "동지는 출옥 후에도 계속 굴함 없이 반일애국사상을 내용으로 하는 문필활동을 하였다"고 했을 뿐이다.[172] 이 점을 보아도 만년에 그가 북한에서 『임꺽정』의 작가로서 평가받거나 대접받지는 못했음을 짐작할 수 있다.

홍명희가 북한에서 쓴 글은 매우 드물게 발견된다. 그것도 소설과 같은 창작은 물론, 자신의 사적인 생각을 드러내는 글은 거의 남기지 않았다고 해도 과언이 아니다. 부수상 취임 이후 홍명희가 북한에서 발표한 각종 연설문과 그밖의 기고문은 대개 공식적인 내용과 표현으로 일관하여, 홍명희 자신의 개인적인 견해가 드러나거나 그의 독특한 문체가 남아 있는 경우는 극히 드물다. 지금까지 필자가 조사한 바에 의하면 그는 가급적 자신의 생각을 직접 드러내지 않아도 되는 역사 개설류의 글을 몇 편 남긴 데 불과했던 것 같다.

그중 가장 긴 글은 「선혈로 물들여진 력사」로서, 1964년 10월부터 이듬해 11·12월 합병호까지 전14회에 걸쳐 『천리마』에 연재되었다. 이 글은 제목 앞에 '회고담'이라 적혀 있으나, 개인적인 회고담이 아니라 한일합방 직전의 우리 역사를 대중적인 필치로 기술한 것이다. 연재 서두에 실린 편집자의 말에 "오늘의 남조선 정세는 한일합방 전야를 방불케 한다"[173]는 대목이 있는 것으로 보아, 『천리마』에서 이러한 연재를 기획하게 된 것은 당시 남한 정부에서 '한일 국교 정상화'를 적극 추진하고 있던 사실과 무관하지 않았던 것으로 보인다.

그러한 문제의식에 따라 이 글에서는 19세기 말 20세기 초 일본의 침략과정과 그에 대한 우리 민족의 대응에 대해 개설적으로 서술하고 있다. 즉 의병활동, 을사조약, 헤이그 밀사사건, 대한제국의 군대 해산과 군부 폐지, 애국계몽기의 학회활동과 언론운동, 신채호의 『을지문덕』을 위시한 역사 전기물과 신소설의 창작 등에 대해 차례차례 서술하고 있다. 이와 같이 「선혈로 물들여진 력사」는 우리 민족이 열강들 사이에서 위태롭게 나라를 유지하다가 결국 일본의 식민지로 전락하게 된 과정을 되돌아봄으로써, 당시 남한에서 진행중이던 한일회담의 위험성을 부각하려는 의도에서 씌어진 듯하다.

그런데 이 글은 예전 홍명희의 독특한 문체와는 달리, 극히 비개성적인 설명문으로 일관되어 있다. 홍명희가 쓴 글은 문학적인 글은 물론 해방 직후 정치활동을 하면서 쓴 논설문이나 단체 명의로 발표한 성명서조차도 독특한 문체로 인해 그의 글임을 식별하기가 어렵지 않다. 그의 문체는 『임꺽정』에서 친숙하게 접할 수 있는 유장한 장문을 특징으로 하며, 가급적 단정을 피하고 "~라 하지 아니할 수 없다", "~하지 아니치 못한다"는 식의 이중 부정을 즐겨 쓰는 등, 독특한 면모를 보여주고 있다. 특히 해방 직후 홍명희가 쓴 논설문들을 보면 여느 정치가들의 글과는 달리 문호의 글답게 유려한 표현으로 자신의 생각을 호소력 있게 전하고 있으며, 민중들이 쉽게 이해할 수 있는 일상적인 비유나 순수한 우리말, 속담 등을 자유자재로 구사하고 있다. 이렇게 볼 때 「선혈로 물들여진 력사」는 홍명희 자신이 직접 쓴 글이 아니라 그의 구상과 지시에 따라 누군가가 대필한 글이 아닌가 한다.

『천리마』 1967년 3월호에는 홍명희의 「3·1의 나날을 되새기며」가 실려 있다. 이 글 역시 3·1운동에 관한 간단한 역사해설에 해당하는 내용으로서, 3·1운동 당시 홍명희 자신의 개인적인 체험은 거의 담겨져 있지 않으며, 글의 형식도 논설문에 가깝다. 따라서 홍명희의 글이라 느껴지는 개인적인 회고담이나 그의 독특한 문체를 찾아볼 수 없다.

이와 달리 1966년 3월 1일자 『문학신문』에 실린 「3·1 인민봉기를 회상하고」는 부분적으로나마 홍명희 자신의 체험이 담겨 있는 글이라 할 수 있다. 이 글의 서두에서 그는 "3·1인민봉기가 있은 뒤로부터 마흔 일곱 해가 지났다. 그러니 그것은 근 반세기 전의 일이다"라고 하면서, 한일합방 이후 해외에서 유랑하다가 3·1운동 직전인 1918년 귀국하기까지 자신의 청년시절을 회고하였다. 이어서 그는 1919년

향리 괴산에서 자신이 주도하여 일어난 만세시위에 대해 다음과 같이 묘사하고 있다.

장날이 되었다. 이날은 아침부터 사람들이 유달리 많이 모여들었다. 하기는 그들도 그날이 꼭 심상치 않다고 생각되었는지 모른다. 그들은 장을 보려기보다 독립만세를 고창하고 싶었던 것이다. 군중들이 상당한 정도로 모였을 때이다. 장 한복판에 돌연히 한 청년이 뛰쳐나와 "조선독립만세!"라고 우렁찬 목소리로 외쳤다. 장꾼들은 기다렸다는 듯이 인차 이에 화답하며 목이 터지도록 만세를 불렀다. (……) 시위자들과 헌병대 놈들간에 치열한 싸움이 벌어졌다. 군중들이 더는 헤어지지 않음을 보고 놈들은 물총질을 하기 시작하였다. 그러나 그것도 허사였다. 놈들은 군중들을 마구 난타하기 시작하였고 닥치는 대로 사람들을 체포하였다. 그러나 군중들은 "조선독립만세!" 등 구호를 힘있게 외치며 밤늦게까지 헤어질 줄 몰랐다.

3·1운동 당시 괴산만세시위에 관한 일제 관헌자료나 신문기사들과 대조하면, 이와 같은 「3·1 인민봉기를 회상하고」의 내용은 대체로 사실에 부합되는 것으로 보인다. 다만 이글의 후반부에는 "나는 그 후 김일성 동지가 령도한 항일무

장투쟁의 소식을 듣고 커다란 존경과 감격을 금할 수 없었다"는 등, 괴산 만세시위와는 무관한 상투적인 문장들이 들어 있다. 게다가 이 글 역시 전반적으로 홍명희의 독특한 문체와는 상당히 다른 필치로 되어 있어, 홍명희가 구술한 내용을 바탕으로 누군가가 윤색을 가한 글이라 짐작된다.

같은 해 3월 15일자 『문학신문』에는 장문의 대담기사 「청년시절을 더듬어 — 홍명희선생을 방문하여」가 실려 있다. 『문학신문』은 원래 조선작가동맹 중앙위원회 기관지였다가 1961년 3월 조선작가동맹이 다른 예술 단체들과 합쳐 조선문학예술총동맹으로 확대 개편된 뒤 조선문학예술총동맹 기관지가 된 신문이다.[174) 그런데 북에서 오랫동안 작가로서는 거의 거론되지 않던 홍명희를 그러한 문학신문의 기자가 방문하여 인터뷰하고 그 내용을 신문에 게재했다는 것은 매우 이례적인 일이라 하겠다.

이 기사는 문학신문사 김진태 기자와 홍명희 간의 질의 응답 형식으로 이루어져 있다. 서두에서 홍명희는 그 무렵 북한에서 주목받고 있던 단재 신채호에 대해 질문을 받고, 신채호의 생전 일화를 소개하면서 아울러 그의 역사가로서의 예리한 안목을 칭송하였다. 이어서, 자신의 창작 경험과 관련하여 문학수업을 하는 사람들에게 도움이 될 만한 말을 해달라는 요청을 받자, 『임꺽정』을 창작할 때 조선 정조에 맞는 말을 쓰려 노력했던 일, 대화를 통해 인물의 성격과 심리를 표현하는 방법, 소설에서의 자연 묘사, 소설을 흥미롭게 쓰는 비결 등 창작상의 여러 문제에 대해 비교적 소상하게 견해를 피력하였다.

우선 "조선 말을 가지고 작품을 썼는데도 도무지 조선 맛이 나지 않는 경우"에 대해 어떻게 생각하느냐는 기자의 질문에 대해 홍명희는, 이는 작가의 말 솜씨에만 달려있는 것이 아니며, "어떤 립장, 어떤 정신적 관점에서 말을 선택하여 쓰는가에 중요하게 달려있는 것입니다"라고 답하였다. 이어서 기자가 자신의 창작 경험과 관련하여 이야기해달라고 하자, 홍명희는 "『림꺽정』을 쓸 때를 말한다면 나는 조선어의 정조에 맞지 않으면 어떠한 말이건 설혹 그 말이 매우 매혹적이었다 하더라도 사정없이 제거해버리고 말았습니다"라고 단언하였다. 이는 그가 1930년대 『임꺽정』 연재 중에 발표한 작가의 말에서 '조선 정조에 일관된 작품'을 목표로 했다고 한 주장과 상통하는 발언이라 하겠다.

또한 기자가 "『림꺽정』을 보면 그야말로 조선말의 사전이라고 하리만치 풍부한 말이 사용되고 있는데, 그렇게 풍부한 언어를 소유하기 위해서 어떻게 노력하셨습니까?"라고 묻자, 홍명희는 "조선말로 씌어진 작품이라면 거의 몽땅 읽노라 노력하였지요"라고 답하였다. 그리고 문학수업을 하는 사람들은 우리 국문소설과 외국소설을 막론하고 많이 읽어야 하며, 언어 수업을 할 때 절대로 외곬으로 나가지 말고 다양한 장르의 문학작품을 읽어 어휘를 도처에서 얻어내야 한다고 말하였다.

다음으로, 기자가 『임꺽정』에는 "성격적인 대화"가 많다고 하면서 "개성을 부각하기 위한 대화의 묘리"에 대해 묻자, 홍명희는 작가가 설명하지 않고 대화만 가지고도 등장인물의 성격과 감정의 변화를 섬세하게 보여줄 수 있다고 답하였다. 따라서 "대화를 써 나갈 때 반드시 주의해야 할 것은 그 대화자의 성격은 두말할 것이 없고 그 대화자의 순간순간의 심리적 움직임을 잘 파악하는 점입니다"라고 하였다.

이어서 기자가 "『림꺽정』에는 수많은 등장인물이 나오는데도 서로 류사한 데가 없고 모두가 독특한 개성들입니다"라고 하며 그 비결을 묻자, 홍명희는 이렇게 답하였다.

한 작품에 비슷한 사람이 나와서야 됩니까? 그렇게 되면 흥미가 없어집니다. 그런데 비슷한 것을 피하기란 쉬운 일이 아닙니다. 등장인물들을 쭉 세워 놓습니다. 그리고 그 매 개인들에게 서로 반복되지 않는, 제가끔 차이나는, 그에게만 특유한 그러한 독특한 다른 점들을 설정하여 가지고 그들의 개성을 정해 주어야 합니다. 그런데 류의해야 할 것은 한 사람의 근본적인 특징을 여러 가지로 복잡하게 잡지 말아야 합니다. 그것은 여러 가지로 잡으면 어차피 다른 사람의 것과 비슷한 것이 생기기 마련입니다. 그 하나를 집중적으로 그리면서 전체의 성격을 보여주어야 할 것입니다.

이와 같은 문학 대담이 이루어진 시기에 홍명희는 79세의 고령이기는 했지만, 여전히 조리 있고 온당한 견해를 피력하고 있음을 볼 수 있다. 여기에서 그가 한 말은 왕년에 『임꺽정』을 쓴 작가가 자신의 실제 경험에 비추어 소설 창작의 묘리를 설파한 내용으로서 대체로 설득력 있게 느껴진다. 그러나 해방 직후의 문학대담들을 보면 홍명희 특유의 어투가 살아 있는 데 비해, 이 대담 기사는 어투 면에서 기자가 가필한 흔적이 짙은 것으로 보인다. 게다가 말미에는 "당의 빛발 아래 우리 문학은 황금 동산을 이루고 있습니다" 운운하는, 당시 북한 문학의 성과를 예찬하는 상투적인 문장도 덧붙여져 있다. 이로 미루어볼 때 이 대담 기사 역시 홍명희의 말을 전하고 있기는 하되, 기자가 당시 북한의 공식적인 문체에 가깝게 수정 가필한 것이 아닌가 한다.

북한에서 홍명희의 『림꺽정』은 1950년대 후반에 절판된 후 홍명희의 사후에도 오랫동안 잊혀지다시피 했다가, 1980년대에 이르러서야 다시 출판되었다. 1982년 10월부터 1985년 3월 사이에 평양 문예출판사에서 『림꺽정』 전4권이 간행되었다. 제1권의 서두에 실린 리창유의 해설에 "영광스러운 당 중앙의 극진한 보살핌 속에서 새로 출판"되게 되었다고 한 점으로 보아, 당시 북한에서 『림꺽정』이 다시 출판된 것은 김정일의 특별 지시에 따른 것으로 추측된다.

리창유의 해설에서는 홍명희의 『림꺽정』이 "인민 대중의 의로운 투쟁을 취급한 큰 형식의 력사장편소설로서, 그리고 창작실천상 중요한 문제들을 시사해주는 것으로서 적지 않은 인식교양적 역할을 수행하게 될 것"이라는 점에 재출간의 의의를 두었다. 그러면서도, 『림꺽정』은 "가혹한 일제의 검열을 피할 수 없었던 사정과 창작 당시의 작가의 세계관상 제약성"으로 인해 일정한 한계를 지니고 있다고 보았다. 즉 성격 형상화의 면에서 기질적 측면을 강조한 나머지 주인공들을 "근로 인민대중의 전형적 성격과 생활의 소유자로 보다 원만히 그리지 못"한 점, 의적 활동에 너무 치중함으로써 "자주성을 위한 인민대중의 투쟁을 보다 높은 전형화의 수준에서 보여주지 못"한 점 등을 한계로 지적하였다.

이와 같은 한계 때문에, 북한에서 작가로 활약하고 있던 홍명희의 손자 홍석중은 "이 작품이 가지고 있는 일련의 부족점들을 수정하기로 결심하고 이에 정력적으로 달라붙었다"고 한다. 그리하여 새로 출판되는 『림꺽정』은 "원전이 가지고 있던 부족점들을 수정 가필하고 우점(優點)을 그대로 살린 것으로서 사상 예술적 경지에서 보다 높은 단계에 이르고 있을 뿐 아니라 미완성 부분이 일정하게 결속되게 되었다"는 것이다.[175)]

평양 문예출판사판 『림꺽정』을 그 이전 판본들과 비교해 보면, 전반적으로 상당히 달라져 있는 것처럼 보인다. 예컨대 평양 문예출판사판에는 종전과 달리 「의형제편」, 「화적편」 등 편 구분이 전혀 없다. 그리고 장 구분은 그대로 있으나, 「화적편」 '소굴'장이 '보복'장으로 소제목이 바뀌었다. 전체적으로 인물이나 사건이 크게 달라지지는 않았지만, 「화적편」 '청석골'장에 나오는 임꺽정의 축첩 행각 부분이 상당히 축소되어 있고, 따라서 청석골 대장으로 추대된 뒤 임꺽정의 성격의 변모가 원본에 비해 덜 심한 것으로 되어 있다. 이와 같은 내용상의 변화뿐 아니라, 표현 면에서도 부분적으로 알기 쉬운 북한의 현대어로 고치는 등 여기저기 잔손질을 가하였다.

그러나 이상과 같은 수정에도 불구하고, 리창유의 해설에서 예고한 것처럼 평양 문예출판사판 『림꺽정』이 '작가의 세계관상 제약성'에 기인한 작품의 '일련의 부족점'을 대폭 수정했다고 보기는 어렵다. 뿐만 아니라 작품의 미완성 부분을 완결한다는 목표도 달성하지 못하였다. 작품 수정의 중책을 맡은 홍석중은 제4권 말미의 「후기」에서 다음과 같이 그에 대한 해명을 하고 있다.

이번에 작품을 수정하여 다시 출판하는 것을 계기로 작가가 뽑아버린 전반 부분을 넣으려고 생각하였었으나 정작 그렇게 하자고보니 전반과 후반의 문학적 양상이 현격하게 달라서 수정 정도의 손질을 해서는 도저히 하나의 소설로 합칠 수가 없다는 것을 깨닫게 되었다. 작가가 신문에 연재된 소설을 단행본으로 묶으면서 전반 부분을 버렸던 이유가 바로 거기에 있는 것이다. 작가가 써 놓은 전반 부분의 경우도 이러하거니와 하물며 이렇다할 구상조차 남겨놓지 않은 마지막 부분을 이제와서 보충하여 작품을 완성한다는 것은 더 말할 것도 없이 불가능한 일이었다.[176)]

이와 같이 홍석중은 『림꺽정』을 대폭 수정 출판한다는 방침에 따라 전반적인 작품의 '부족점'을 수정하고 서두의 「봉단편」, 「피장편」, 「양반편」과 미완성된 말미를 수정·보완하는 작업에 착수했으나, 막상 작업을 해나가다 보니 아무래도 애초의 뜻대로 되지 않았던 듯하다. 그리하여 고심 끝에 「봉단편」, 「피장편」, 「양반편」은 제외해버리고, 종전에 출판된

「의형제편」과 「화적편」만을 부분적으로 수정하되 말미를 완성하는 것은 포기하여, 결과적으로 종전에 출판된 부분만을 수정 출판하는 미봉책을 취하는 데 그치고 만 것이다.

1985년 7월에는 홍석중이 『림꺽정』을 한 권 분량으로 축약한 『청석골대장 림꺽정』이 평양 금성청년출판사에서 간행되었다. 이 책은 표지에 '홍명희 원작 홍석중 윤색'이라 되어 있으며, 북한의 어린 학생들을 위해 원작을 대폭 줄이고 쉽게 풀어 쓴 것이다. 『청석골대장 림꺽정』은 홍석중이 원작자 홍명희의 구상에 기초하여 말미 부분을 나름대로 보완함으로써, 평양 문예출판사판 『림꺽정』에서는 달성하지 못했던 작품의 완결을 지었다는 점에서 의의를 찾을 수 있다. 다만 홍석중 자신이 해명한 바와 같이 이 작품은 어린 독자들의 성향을 의식하여 임꺽정의 성격과 활약을 의도적으로 이상화한 면이 있다.[177]

주지하다시피 남한에서도 홍명희의 『임꺽정』은 1980년대에 다시 출판되어 널리 읽히게 되었다. 월북 문인들의 작품에 대한 해금이 이루어지기 이전인 1985년 사계절출판사에서 출판이 감행된 『임꺽정』은 「봉단편」, 「피장편」, 「양반편」을 포함하여 전9권으로 되어 있다. 당시까지 「봉단편」, 「피장편」, 「양반편」은 신문에 연재되었을 뿐 책으로 출판된 적은 없었는데, 남북한을 통틀어 처음으로 출판된 것이다. 그 후 1991년 사계절출판사에서는 마지막으로 연재되다가 중단된 「화적편」 말미의 '자모산성'장을 찾아내어 추가하고 전체적으로 새로 교열한 재판본을 전10권으로 출판하였다.

북한에서 『림꺽정』이 다시 출판된 지 10년가량 지난 1990년대에는 이 작품이 영화로 제작되어 더욱 널리 알려지게 되었다. 북한 영화 『림꺽정』은 1993년 조선예술영화촬영소 산하 왕재산창작단에 의해 80분 길이 5부작의 영화로 만들어졌다. 홍명희의 원작소설을 시나리오 작가 김세륜이 1990년에 각색했으며, 장영복 감독이 연출을 맡았다. 한편 남한에서는 1996년 SBS TV에 의해 『임꺽정』이 50부작 드라마로 제작되어 1996년부터 이듬해 초까지 방영되었다. 남한 드라마 『임꺽정』을 연출한 김한영 감독은 이 대하드라마 제작을 준비하면서 북한 영화 『림꺽정』을 스텝들과 함께 여러 번 보고 많은 영향을 받았다고 한다.[178]

맺음말

필자는 2005년 7월 '6·15공동선언 실천을 위한 민족작가 대회' 참가차 평양을 방문하여 북에서 작가로 활동하고 있는 홍명희의 손자 홍석중을 만났다. 환영 만찬장에서 자리를 함께 한 남의 작가 황석영과 북의 작가 홍석중은 각기 성장과정에서 홍명희의 『임꺽정』에 흠뻑 빠져들었던 추억을 이야기하였다. 두 작가가 다 일찍이 초등학교 시절에 『임꺽정』을 읽고 심취하여 그 영향이 내면화되었다는 것이다. 따라서 남한 역사소설의 대표작인 황석영의 『장길산』과 북한 역사소설로서 남한에 소개되어 만해문학상 수상작으로 선정된 홍석중의 『황진이』가 각기 그 나름의 개성을 지닌 작품이면서도 어딘지 모르게 유사한 느낌을 주는 것은, 그 두 작품이 모두 『임꺽정』의 심대한 영향하에서 씌어졌기 때문이라 할 수 있다.

뿐만 아니라 몇 년 전 TV에서 인기리에 방영된 『여인천하』를 포함하여 분단 이후 남한에서 가장 많은 역사소설을 집필한 박종화의 역사소설들과, 북한 역사소설의 대표작으로 손꼽히는 박태원의 『갑오농민전쟁』도 홍명희의 『임꺽정』의 영향을 크게 받은 작품들이다. 박종화는 『임꺽정』을 연재 당시 한 회도 거르지 않고 애독했다고 하며, 박태원도 역사소설에 관심을 두기 시작한 일제 말에 때마침 단행본으로 간행된 『임꺽정』을 되풀이해 읽었다고 한다.[179] 이처럼 홍명희의 『임꺽정』은 일제 식민지시기와 분단시기 남북한의 역사소설 작가들에게 직·간접적으로 널리 영향을 미쳤다.

나아가서 『임꺽정』은 21세기에 들어선 오늘날에도 작가들에게 지속적으로 영향을 미치고 있는 작품이다. 홍명희는 동시대의 지식인들 사이에서 학자로서도 높이 평가되었을 정도로 조선사와 조선 문화에 대한 해박한 지식을 지니고 있었다. 게다가 식민지시기의 어떤 작가도 홍명희처럼 조선조 말에 명문 양반가에서 태어나 종들까지 합해 식구가 수십 명인 대가족 속에서 조선시대의 언어와 풍속을 몸소 체험하며 자란 인물은 없었다. 그러므로 전적으로 학습에 의존하여 역사소설을 써야 하는 오늘날의 작가들에게 『임꺽정』은 영원히 도달할 수 없는 모범이요, 역사소설의 교과서와 같은 역할을 하는 작품이라 할 수 있다.

분단 이후 60년이 지나는 동안 남북한의 언어와 문학은 극도로 이질화되어 통일이 되어도 민족문화의 동질성을 찾기 어려우리라고 우려하는 말들이 자주 들린다. 그러한 상황에서 통일시대 남북의 작가와 독자들이 다 같이 심취하고 영향받을 수 있는 문학작품을 든다면, 그 가장 적절한 예가 바로 홍명희의 『임꺽정』일 것이다. 그 점에서 홍명희의 『임꺽정』은 통일시대 우리 민족이 되돌아가 거기서 새로 출발할 필요가 있는, 진정한 의미에서 우리시대의 고전이라 할 만한 작품이다.

주

1) 『풍산홍씨대동보』 제3권, 농경문화사, 1985, 593쪽, 594쪽. 홍명희 일가의 호적부(본적 서울 종로구 계동 38번지, 서울 종로구청 소장)에는 홍명희의 생모가 조경식으로 되어 있고 홍명희의 생년월일도 1887년 5월 25일로 기재되어 있으나, 이는 명백한 오류이다. 한편 북한 애국열사릉에 있는 홍명희의 묘비에는 그의 생일이 7월 3일로 되어 있다. 그런데 족보에 기록된 1888년 음력 5월 23일은 양력으로 7월 2일이며, 손자 홍석중 역시 조부의 생일은 양력 7월 2일이라고 증언하였다.

2) 이상 『한국명문통보』(韓國名門統譜) 지(地), 한국계보협회, 1980, 1774쪽; 『풍산홍씨대동보』, 앞의 책, 587∼594쪽; 『대한제국관원이력서』, 국사편찬위원회, 276쪽, 277쪽, 769쪽 참조. 홍승목은 최근 정부에 의해 공식적으로 '친일 반민족행위자'의 한 사람으로 선정 발표되었다(친일반민족행위 진상규명위원회, 『2006년도 조사보고서』 I권, 친일반민족행위 진상규명위원회, 2006, 140쪽; 같은 책, II권, 403∼409쪽). 그는 1910년 10월부터 1921년 4월 중추원 개편 이전까지 조선총독부 중추원 찬의 직함을 지니고 있었으므로, 이는 경력상 불가피한 일이라 하겠다. 그러나 장남 홍범식이 순국하고 그 후 집안이 몰락한 점 등으

로 미루어 보아, 홍승목이 실제로 적극적인 친일활동을 하지는 않았던 것으로 추측된다.

3) 김택영, 「홍범식전」, 『김택영전집』 제2권, 아세아문화사, 1978, 229~233쪽; 정인보, 「금산군수 홍공(洪公)의 사장(事狀)」, 정양완 옮김, 『담원문록』(薝園文錄) 상, 태학사, 2006, 129~134쪽.

4) 홍기문, 「고원기행」, 『조선일보』, 1936. 4. 9~15(홍기문, 김영복·정해렴 편역, 『홍기문 조선문화론 선집』, 현대실학사, 1997, 376~380쪽); 『괴산군지』, 증보판, 괴산군, 1990, 953쪽.

5) 홍명희 일가의 제적부(본적 괴산군 괴산면 제월리 365번지, 괴산읍사무소 소장); 홍명희, 「자서전」, 『삼천리』, 1929. 6·9(임형택·강영주 엮음, 『벽초 홍명희와 『임꺽정』의 연구자료』, 사계절출판사, 1996, 20쪽: 이하 『벽초자료』로 약칭).

6) 홍명희, 「자서전」, 『벽초자료』, 20~22쪽.

7) 홍기문, 「아들로서 본 아버지」, 『조광』, 1936. 5(『벽초자료』, 234쪽); 조용만, 『경성야화』, 창, 1992, 345쪽.

8) 홍명희, 「자서전」, 『벽초자료』, 23쪽.

9) 『풍산홍씨대동보』, 앞의 책, 593쪽, 594쪽; 『여흥민씨세계보(世系譜)』 권지4, 회상사, 1974, 690~693쪽; 홍기문, 「아들로서 본 아버지」, 『벽초자료』, 233쪽, 234쪽.

10) 정희영(홍명희의 생질), 정양완(정인보의 삼녀), 조규은(홍명희의 사촌 누이, 작고)과의 면담에 의함.

11) 홍명희, 「서」, 홍기문, 『조선문법연구』, 서울신문사, 1947(『벽초자료』, 63쪽); 「옥중의 인물들—홍명희」, 『혜성』, 1931. 9(『벽초자료』, 231쪽).

12) 홍명희 일가의 제적부와 호적부; 박학보, 「인물 월단(月旦)—홍명희론」, 『신세대』, 1946. 3(『벽초자료』, 242쪽).

13) 홍명희, 「자서전」, 『벽초자료』, 23쪽, 24쪽; 변승웅, 「대한제국 초기의 사립학교 설립운동」, 건국대 석사학위논문, 1982, 17~21쪽.

14) 홍명희, 「자서전」, 『벽초자료』, 24~30쪽; 「홍명희·설정식 대담기」, 『신세대』, 1948. 5(『벽초자료』, 213쪽); 「韓人の秀才」, 『萬朝報』, 1909. 6. 4; 하타노 세츠코, 「도쿄 유학시절의 홍명희」, 홍명희문학제학술논문집 기획위원회 엮음, 『통일문학의 선구, 벽초 홍명희와 『임꺽정』』, 사계절출판사, 2005, 119~138쪽.

15) 홍명희, 「자서전」, 『벽초자료』, 26~28쪽; 홍명희, 「대 톨스토이의 인물과 작품」, 『조선일보』, 1935. 11. 23~12. 3(『벽초자료』, 85쪽); 「홍명희·설정식 대담기」, 『벽초자료』, 213~215쪽; 「홍벽초·현기당 대담」, 『조광』, 1941. 8(『벽초자료』, 177~179쪽); 吉田精一·奧野健男, 유정 옮김, 『현대일본문학사』, 정음사, 1984, 74~94쪽; 加藤周一, 김태준·노영희 옮김, 『일본문학사 서설』 2, 시사일본어사, 1996, 361~401쪽.

16) 홍명희, 「자서전」, 『벽초자료』, 26쪽; 문일평, 「나의 동경유학시대」, 『조광』, 1938. 3, 152쪽; 문일평, 「나의 반생」, 『호암전집』 제3권, 조광사, 1940, 490쪽.

17) 김윤식, 『이광수와 그의 시대』 1, 한길사, 1986, 119~166쪽.

18) 이광수, 「다난한 반생의 도정」, 『이광수전집』 제8권, 우신사, 1979, 447쪽. 이 글에서 이광수가 홍명희와 알게 된 해로 기록한 을사년은 1905년이지만, 홍명희가 19세, 이광수가 15세이던 해는 1906년(병오년)이다. 더욱이 이광수는 같은 글에서 자신이 도일한 해를 을사년이 아닌 갑진년이었다고 하여 착오를 일으키고 있으므로, 이들 두 사람이 처음 만난 것은 1906년 초였다고 보아야 할 것이다.

19) 이원조, 「『임꺽정』에 관한 소고찰」, 『조광』, 1938. 8(『벽초자료』, 274쪽).

20) 조용만, 『육당 최남선』, 삼중당, 1964, 48~63쪽.

21) 홍명희, 「제어」(題語), 최남선, 『백팔번뇌』, 동광사, 1926(「육당 『백팔번뇌』 발문」, 『벽초자료』, 48쪽).

22) 이광수, 「육당 최남선론」, 『이광수전집』 제8권, 494쪽.

23) 이광수, 「육당과 시조」, 『이광수전집』 제10권, 549쪽.

24) 김기주, 『한말 재일 한국 유학생의 민족운동』, 느티나무, 1993, 24~67쪽; 최덕교 편저, 『한국 잡지 백년』 1, 현암사, 2004, 193~199쪽.

25) 홍명희, 「일괴열혈」, 『대한흥학보』, 1909. 3(『벽초자료』, 143쪽). 인용문은 국한문혼용체로 된 원문을 필자가 현대어로 옮긴 것임. '형극의 동타'는 『진서』(晉書) 「색정전」(索靖傳)에 나오는 고사성어로서, 궁궐 문앞에 세워놓은 구리로 된 낙타가 나라가 망하매 가시밭에 방치되어 있다는 뜻이다.

26) 벽초생 홍명희, 「우제」, 『대한흥학보』, 1909. 4, 179쪽.

27) 홍명희, 「자서전」, 『벽초자료』, 26~30쪽; 「저명인물 일대기」, 『삼천리』, 1937. 1, 34쪽.

28) 이광수, 「나의 고백」, 『이광수전집』 제7권, 228쪽.

29) 「그들의 청년학도시대─홍명희씨」, 『조선일보』, 1937. 1. 5; 「홍벽초·현기당 대담」, 『벽초자료』, 179쪽. 현재 다이세이중학교 학적부는 남아 있지 않으나, 다이세이고등학교 소장 졸업생 명부에 의하면 홍명희는 다이세이중학교 졸업증서 제1282호를 수여받았다.

30) 홍명희, 「대 톨스토이의 인물과 작품」, 『벽초자료』, 85쪽.

31) 가인, 「쿠루이로프 비유담」, 『소년』, 1910. 2, 60~64쪽.

32) 가인, 「서적에 대하야 고인이 찬미한 말」, 『소년』, 1910. 3, 62~65쪽; 김병철, 『한국근대서양문학이입사(移入史)연구』, 을 유문화사, 1980, 40쪽.

33) 가인, 「사랑」, 『소년』, 1910. 8(『벽초자료』, 66~68쪽). 독자의 이해를 돕기 위해 원문을 현대어 표기로 고쳤으며, 일부 구절은 괄호 안에 풀이를 곁들였다. 일역본은 長谷川二葉亭 譯, 「愛」, 『趣味』, 1908. 5, 116~118面에 실려 있다.

34) 김택영, 앞의 책, 1978, 229~233쪽; 정인보, 앞의 책, 2006, 129~134쪽.

35) 『금산군지』, 금산군, 1987, 970~972쪽; 『괴산군지』, 앞의 책, 1078쪽; 김근수, 「의사 홍범식 군수」, 『괴향문화』(槐鄕文化) 제 6집, 괴산향토사연구회, 1998, 7~10쪽.

36) 현승걸, 「통일 념원에 대한 일화」, 『통일예술』 창간호, 광주, 1990, 319쪽.

37) 같은 책, 318쪽, 319쪽.

38) 홍명희, 「내가 겪은 합방 당시」, 『서울신문』, 1946. 8. 27.

39) 홍기문, 「아들로서 본 아버지」, 『벽초자료』, 233~235쪽.

40) 민영규, 「위당 정인보선생의 행장에 나타난 몇가지 문제―실학 원시(實學原始)」, 『담원 정인보전집』 제1권, 연세대학교출판부, 1983, 351~390쪽; 홍명희, 「술회」 상, 『삼천리』, 1934. 5, 70 쪽; 문일평, 앞의 글, 1940, 498쪽.

41) 신승하, 「예관 신규식과 중국 혁명당인과의 관계」, 『김준엽교수 화갑기념 중국학논총』, 1983, 594~610쪽.

42) 김희곤, 『중국 관내 한국 독립운동』, 지식산업사, 1995, 31~73쪽.

43) 문일평, 앞의 글, 1940, 498쪽.

44) 이광수, 「나의 고백」, 239쪽, 240쪽; 이광수, 「그의 자서전」, 『이

광수전집』제6권, 354쪽, 355쪽.

45) 정원택, 『지산외유일지』, 탐구당, 1983, 104~115쪽; 姬田光義 외, 『중국근현대사』, 일월서각, 1985, 174~179쪽; 淹川勉 외, 『동남아시아 현대사 입문』, 나남, 1983, 263쪽.

46) 정원택, 앞의 책, 1983, 117~124쪽.

47) 이광수, 「다난한 반생의 도정」, 앞의 책, 449쪽; 이광수, 「인상 깊던 편지」, 『이광수전집』 제8권, 426쪽, 427쪽.

48) 「홍벽초 · 현기당 대담」, 『벽초자료』, 178쪽, 179쪽; 홍기문, 「아들로서 본 아버지」, 『벽초자료』, 236쪽.

49) 정원택, 앞의 책, 1983, 138~146쪽.

50) 홍명희, 「상해시대의 단재」, 『조광』, 1936. 4(『벽초자료』, 55쪽, 56쪽). 당시 신채호가 거처하던 암자를 '석등암'이라 한 것은 홍명희의 기억상의 착오인 듯하다.

51) 정원택, 앞의 책, 1983, 153~156쪽.

52) 이상 「大正8年 刑第217號 判決文」, 公州地方法院 淸州支廳, 1919(『독립운동사 자료집』 제5권, 1079~1082쪽);「大正8 刑控第257號 判決文」, 京城覆審法院 刑事部, 1919;「大正8 刑上第209號 判決文」, 高等法院 刑事部, 1919;「西刑 秘第5號―假出獄ノ件具申」, 西大門刑務所, 1932 참조.

53) 홍명희 일가의 호적부(본적 서울시 종로구 계동 38번지, 서울 종로구청 소장) 및 『동아일보』, 1925. 2. 11 참조.

54) 『휘문 70년사』, 휘문중고등학교, 1976, 538쪽; 『경신 80년약사』, 경신중고등학교, 1966, 234쪽;「조선사상가총관」, 『삼천리』, 1933. 2 부록, 31쪽; 김종범 · 김동운 엮음, 『해방전후의 조선진상』, 조선정경문화사, 1945, 201쪽; 『태서명작단편집』, 조선도서주식회사, 1924.

55) 김삼수, 『한국에스페란토운동사』, 숙명여자대학교출판부, 1976, 52~75쪽; Bekĉo, 'Antaŭparolo', 김억 지음, 『에스페란토 독학』, 박문서관, 1923.

56) 최준, 『한국신문사』, 신보판, 일조각, 1990, 210쪽; 최민지, 『일제하 한국언론사론』, 일월서각, 1978, 126~139쪽; 이승복선생 망구(望九) 송수(頌壽)기념회 엮음, 『삼천 백일홍』, 인물연구소, 1974, 124~126쪽; 『동아일보사사』 권1, 동아일보사, 1975, 237~247쪽, 423~425쪽.

57) 홍명희, 『학창산화』, 조선도서주식회사, 1926; 하동호, 『한국근대문학의 서지연구』, 깊은샘, 1981, 27쪽.

58)「재단을 완성한 시대보(時代報)」, 『동아일보』, 1925. 4. 5; 최준, 앞의 책, 1990, 209~238쪽; 계훈모 엮음, 『한국언론연표』, 관훈클럽 신영연구기금, 1979, 399쪽; 김팔봉, 「편편야화」, 「김팔봉문학전집」 제2권, 문학과지성사, 1988, 358쪽.

59) 『동아일보』, 1926. 10. 10; 『오산80년사』, 오산중고등학교, 1987, 207~224쪽, 261쪽.

60) 홍기문, 「아들로서 본 아버지」, 『벽초자료』, 238쪽; 장석흥, 「사회주의 수용과 신사상연구회의 성립」, 『한국독립운동사연구』 5집, 독립운동사연구소, 1991, 68~90쪽; 김준엽·김창순, 『한국공산주의운동사』 제2권, 청계연구소, 1986, 41쪽, 134쪽, 377~453쪽; 같은 책, 제3권, 1~15쪽, 48쪽.

61) 慶尙北道警察部, 『高等警察要史』, 47쪽; 주혁, 「조선사정연구회의 연구」, 한양대학교 석사학위논문, 1991, 31~53쪽; 방기중, 『한국근현대사상사연구』, 역사비평사, 1992, 74쪽.

62) 『문예운동』에 대해 박영희는 "겨우 2호 내고 말았다"고 한 반면, 백철은 "3호로서 폐간"되었다고 하였다. 『문예운동』 제3호

가 발행되었는지의 여부는 아직까지 확인되지 않았다. 권영민,
『한국계급문학운동사』, 문예출판사, 1998, 21~71쪽; 박영희,
「한국현대문학사」 제9회, 『사상계』, 1959. 3, 81쪽; 백철, 『조
선신문학사조사』 현대편, 백양당, 1949, 80쪽 참조.

63) 홍명희, 「신흥문예의 운동」, 『문예운동』, 1926. 1(『벽초자료』,
69~72쪽).

64) 『문예운동』 제2호 말미의 「편집여언」(編輯餘言)에서는 "『문예
운동』에 글 쓰는 동지로서 부르주아에 중독된 잡지에도 투고를
하게 되면, 그 필자의 글은 본 잡지의 주의상 기고(棄稿)하여
버린다"고 못박고 있다. 홍명희, 「예술기원론의 일절」, 『문예운
동』, 1926. 5, 2쪽, 3쪽; 「편집여언」, 같은 책, 42쪽.

65) 姜德相・梶村秀樹 編, 『現代史資料』 29, 東京: みすず書房,
1972, 95쪽.

66) 홍명희, 「신간회의 사명」, 『현대평론』, 1927. 1(『벽초자료』,
144쪽, 145쪽).

67) 이상 姜在彦 編, 『光州抗日學生事件資料』, 多古屋市: 風媒社,
1979, 366~383面; 姜德相・梶村秀樹 編, 앞의 책, 1972, 371~
373쪽; 「민중대회사건 예심결정서」, 「민중대회사건 판결문」,
『독립운동사자료집』 제14권, 독립운동사 편찬위원회, 1984,
839~844쪽; 「西刑 秘第5號 ─假出獄ノ件具申」, 西大門刑務所,
1932; 『조선일보』, 1931. 4. 7, 4. 25; 『중앙일보』, 1932. 1. 24;
이균영, 『신간회연구』, 역사비평사, 1993, 94~104쪽,
201~213쪽 참조.

68) 「이조문학 기타─홍명희・모윤숙 양씨 문답록」, 『삼천리문학』,
1938. 1(『벽초자료』, 172쪽).

69) 『조선일보』, 1928. 11. 17.

70) 신재성, 「1920~30년대 한국역사소설연구」, 서울대학교 석사
학위논문, 1986, 14~21쪽.

71) 『임꺽정전』제1회, 『조선일보』, 1928. 11. 21(「『임꺽정전』머리
말씀」, 『벽초자료』, 31쪽).

72) 「봉단편」, 「피장편」, 「양반편」의 편명은 단행본 출간 시에 붙여
진 것이다. 단, 「피장편」은 신문연재 시 말미에 '제2편 갓바치
종(終)'이라 밝혀져 있었으며, 조선일보사출판부에서 나온 초판
『임꺽정』광고에는 「갓바치편」, 해방 후 나온 을유문화사판 광
고에는 「피장편」으로 되어 있다. 여기에서는 지금까지 나온 판
본들 중 유일하게 이 세 편을 포함하여 간행한 사계절출판사판
『임꺽정』에 의거하여 제2편을 「피장편」이라 칭하였다(홍명희,
『임꺽정』전10권, 제3판, 사계절출판사, 1995).

73) 「벽초 홍명희씨 작『임꺽정전』명(明) 12월 1일부터 연재」, 『조
선일보』, 1932. 11. 30(『벽초자료』, 36쪽).

74) 양보경, 「『임꺽정』의 지리학적 고찰」, 『통일문학의 선구, 벽초
홍명희와『임꺽정』』, 앞의 책, 322~325쪽.

75) 「벽초 홍명희씨 작『임꺽정전』명(明) 12월 1일부터 연재」, 『벽
초자료』, 36쪽.

76) 유호준(홍명희의 6촌 동생, 작고) 면담.

77) 안석영, 「응석같이 조르고 교정까지 보던 일」, 『조선일보』, 1937.
12. 8(『벽초자료』, 257쪽); 창랑객, 「법정에 선 허헌·홍명희」,
『삼천리』, 1931. 5, 16쪽.

78) 강영주, 「『임꺽정』과 꾸쁘린의 『결투』」, 『진단학보』제92호,
2001. 12, 219~236쪽.

79) 조용만, 『1930년대의 문화예술인들』, 범양사, 1988, 323쪽.

80) 홍명희, 「『임꺽정전』을 쓰면서」, 『삼천리』, 1933. 9(『벽초자료』,

39쪽).

81) 「『임꺽정』의 연재와 이 기대의 반향!」, 『조선일보』, 1937. 12. 8(『벽초자료』, 251~259쪽).

82) 「『임꺽정』의 원천자료」, 『벽초자료』, 403~470쪽 참조.

83) 송기중 외, 『『조선왕조실록』 보존을 위한 기초 조사 연구』1, 서울대학교출판부, 2005, 3~6쪽, 156쪽.

84) 강영주, 「『임꺽정』의 창작과정과 『조선왕조실록』」, 『한국현대문학연구』 제20집, 한국현대문학회, 2006. 12, 17~41쪽.

85) 「약동하는 조선어의 대수해(大樹海)」, 『조선일보』, 1939. 12. 31(『벽초자료』, 284쪽).

86) 같은 책, 280~284쪽.

87) 이동욱, 『민족 계몽의 초석 방응모』, 지구촌, 1998, 228쪽; 정희영 면담.

88) 강영주, 「1930년대 평단의 소설론」, 『한국 역사소설의 재인식』, 창비, 1991, 279~283쪽; 이원조, 「『임꺽정』에 관한 소고찰」, 『조광』, 1938. 8(『벽초자료』, 272쪽).

89) 홍명희, 「『임꺽정전』을 쓰면서」, 『벽초자료』, 39쪽.

90) 박종화, 「왕양(汪洋)한 바다같은 어휘」, 『조선일보』, 1939. 12. 31(『벽초자료』, 283쪽).

91) 홍명희, 「『임꺽정전』에 대하여」, 『삼천리』, 1929. 6(『벽초자료』, 34쪽).

92) 좌담 「한국근대문학에 있어서 『임꺽정』의 위치」, 『벽초자료』, 318~330쪽; 한창엽, 『『임꺽정』의 서사와 패로디』, 국학자료원, 1997, 96쪽; 권순긍, 「『임꺽정』의 민족문학적 의의」, 『동서문학』, 1998 겨울호, 390쪽, 391쪽; 김승환, 「『임꺽정』의 서사구조에 대하여」, 『운강 송정헌선생 화갑기념논총』, 보고사,

2000, 363~382쪽.

93) 「청빈낙도하는 당대 처사 홍명희씨를 찾아」, 『삼천리』, 1936. 4(『벽초자료』, 160쪽).

94) 「홍명희·설정식 대담기」, 『벽초자료』, 222쪽, 223쪽. 『임꺽 정』이 쿠프린의 소설에서 영향받은 사실에 대해서는 필자가 별도의 논문을 통해 상세히 밝힌 바 있다(강영주, 앞의 글, 2001, 219~236쪽).

95) 홍명희, 「대 톨스토이의 인물과 작품」, 『벽초자료』, 75~86쪽.

96) 홍명희, 「문학에 반영된 전쟁―특히 대전(大戰) 후의 경향」, 『조선일보』, 1936. 1. 4(『벽초자료』, 87~92쪽).

97) 이광수, 「전쟁기의 작가적 태도」, 『이광수전집』 제10권, 490~ 492쪽.

98) 홍명희, 「문학청년들의 갈길」, 『조광』, 1937. 1(『벽초자료』, 93쪽, 94쪽).

99) 「청빈낙도하는 당대 처사 홍명희씨를 찾아」, 『벽초자료』, 161 쪽; 「편집실 일기초」, 『박문』, 1938. 10, 30쪽.

100) 김정희, 『완당선생전집』, 영생당, 1934; 홍대용, 『담헌서』, 신 조선사, 1939.

101) 조용만, 앞의 책, 1988, 324쪽.

102) 홍명희·유진오, 「문학대화편―조선문학의 전통과 고전」, 『조선일보』, 1937. 7. 16~18(『벽초자료』, 165~168쪽); 「이 조문학 기타―홍명희·모윤숙 양씨 문답록」, 『벽초자료』, 174 쪽; 홍명희, 「언문소설과 명청소설의 관계」, 『조선일보』, 1939. 1. 1(『벽초자료』, 134~136쪽).

103) 홍기문, 「박연암의 예술과 사상」, 『조선일보』, 1937. 7. 27~8. 1 (홍기문, 김영복·정해렴 편역, 앞의 책, 1997, 303~316쪽).

104) 홍명희, 「난설헌의 시인 가치」, 『자력』, 1928. 3, 67~70쪽; 홍명희, 「역일시화」, 『조광』, 1936. 10, 81~93쪽.

105) 「청빈낙도하는 당대 처사 홍명희씨를 찾아」, 『벽초자료』, 159~163쪽.

106) 홍기문, 『정음발달사』 상·하, 서울신문사, 1946; 홍기문, 『조선문법연구』, 서울신문사, 1947; 홍수경·홍무경, 『조선 의복 혼인제도의 연구』, 을유문화사, 1948; 정양완 면담.

107) 「연보」, 『담원 정인보전집』 제1권, 397쪽; 정양완, 정희영 면담.

108) 홍명희, 「곡 호암」, 『조선일보』, 1939. 4. 8(『벽초자료』, 57쪽, 58쪽).

109) 홍명희, 「축 만해형 육십일수(六十一壽)」, 『벽초자료』, 62쪽.

110) 임중빈, 『한용운 일대기』, 정음사, 1974, 241쪽, 242쪽.

111) 홍명희, 「눈물 섞인 노래」, 『해방기념시집』, 중앙문화협회, 1945(『벽초자료』, 95~99쪽).

112) 『서울신문 사십년사』, 서울신문사, 1985, 130~168쪽; 최준, 앞의 책, 1990, 347쪽.

113) 이 단체는 1945년 12월 결성 당시의 명칭은 '조선문학동맹'이었으나, 이듬해 2월 전국문학자대회에서 토의 끝에 '조선문학가동맹'으로 그 명칭이 바뀌었다. 여기에서는 편의상 그 시기에 관계 없이 일반적으로 알려진 '조선문학가동맹'이라는 명칭을 사용한다.

114) 조선문학가동맹 중앙집행위원회 서기국 엮음, 『건설기의 조선문학』, 조선문학가동맹, 1946, 203~234쪽.

115) 김윤식, 『해방공간의 문학사론』, 서울대학교출판부, 1989, 14~17쪽; 윤여탁, 「해방정국의 문학운동과 조직에 대한 연구」, 김윤식 외, 『해방공간의 문학운동과 문학의 현실인식』,

한울, 1989, 59~70쪽.

116) 「벽초 홍명희선생을 둘러싼 문학담의」, 『대조』, 1946. 1(『벽초
자료』, 188~204쪽).

117) 조선문학가동맹 중앙집행위원회서기국 엮음, 앞의 책, 1946,
1쪽, 222~231쪽.

118) 전단(국사편찬위원회 엮음, 『자료 대한민국사』 1, 1968,
575~577쪽: 이하 『자료』로 약칭); 『해방일보』, 1945. 12. 15.

119) 김삼수, 앞의 책, 1976, 69~71쪽, 258~261쪽; 김종범 · 김동
운 엮음, 앞의 책, 1945, 201쪽; 「에스페란티스토 정치선언과
결의」, 『혁명』, 1946. 1, 51쪽.

120) 『서울신문』, 1945. 12. 28; 김승환, 『해방공간의 현실주의문학
연구』, 일지사, 1991, 71~75쪽.

121) 『매일신보』, 1945. 9. 7(『자료』 1, 56쪽, 57쪽).

122) 전단(『자료』 1, 49~51쪽); 『서울신문』, 1945. 12. 17, 12. 22.

123) 『서울신문』, 1945. 12. 16, 12. 18.

124) 서중석, 『한국현대민족운동연구』, 역사비평사, 1991, 301~
309쪽; 『서울신문』, 1945. 12. 30(『자료』 1, 682~693쪽);
『동아일보』, 1946. 1. 1(『자료』 1, 709~722쪽).

125) 『서울신문』, 『조선일보』, 1946. 1. 1(『자료』 1, 724~726쪽).

126) 『조선일보』, 『동아일보』, 1946. 1. 4(『자료』 1, 756~758쪽);
『해방일보』, 1946. 1. 6.

127) 「대중적 힘을 조직화―힘찬 반대운동을 전개하라: 홍명희씨
와의 일문일답」, 『서울신문』, 1945. 12. 30.

128) 홍명희, 「성명」, 『서울신문』, 1946. 1. 5.

129) 박학보, 「인물월단―홍명희론」, 『벽초자료』, 242~245쪽.

130) 『자유신문』, 1946. 7. 3; 『동아일보』, 1946. 8. 20(『자료』 3,

143쪽, 144쪽).

131) 홍명희, 「나의 정치노선」, 『서울신문』, 1946. 12. 17~19.

132) 『한성일보』, 1947. 7. 5; 『서울신문』, 1947. 7. 6; 『독립신보』,
『서울신문』, 1947. 8. 5.

133) 『한성일보』, 1947. 9. 9, 9. 23, 9. 24, 10. 21, 10. 22, 11. 1.

134) 『서울신문』, 1947. 12. 23, 12. 28, 1948. 1. 7; 조성훈, 「좌우
합작운동과 민족자주연맹」, 『백산 박성수교수 화갑기념논
총―한국독립운동사의 인식』, 1992, 419쪽; 우사연구회 엮
음, 서중석 지음, 『남북협상―김규식의 길, 김구의 길』, 한울,
2000, 93~114쪽.

135) 홍명희, 「통일이냐 분열이냐」, 『개벽』, 1948. 3(『벽초자료』,
152~156쪽).

136) 도진순, 『한국민족주의와 남북관계』, 서울대학교출판부,
1997, 201~281쪽; 중앙일보 특별취재반, 『조선민주주의인민
공화국』하권, 중앙일보사, 1992, 221~223쪽, 326~328쪽.

137) 『서울신문 사십년사』, 137쪽; 계훈모 엮음, 『한국언론연표』 2,
관훈클럽 신영연구기금, 1987, 105쪽; 홍기문, 『정음발달사』
상·하, 서울신문사, 1946; 홍기문, 『조선문법연구』, 서울신
문사, 1947; 정교영(홍명희의 생질), 이구영(홍명희의 인척,
작고) 면담.

138) 홍명희, 「담원시조를 읽고」, 정인보, 『담원시조』, 을유문화사,
1948, 7쪽. 3연의 '도채'는 '도끼'를 뜻한다.

139) 홍명희, 「육당 『백팔번뇌』 발문」, 『벽초자료』, 50쪽.

140) 『문학』, 1948. 4; 『학풍』, 1948. 9(광고, 면수 없음).

141) 「홍명희·설의식 대담기」, 『새한민보』, 1947. 10. 중순호(『벽
초자료』, 208~210쪽).

142) 「홍명희 · 설정식 대담기」, 『벽초자료』, 221쪽.

143) 「벽초 홍명희선생을 둘러싼 문학담의」, 『벽초자료』, 188~204 쪽; 「홍명희 · 설정식 대담기」, 『벽초자료』, 211~228쪽; 루카치, 이영욱 옮김, 『역사소설론』, 제3판, 거름, 1999.

144) 박광 엮음, 『진통의 기록─전조선제정당사회단체대표자연석회의문헌집』, 평화도서주식회사, 1948, 266쪽, 267쪽.

145) 같은 책, 269~271쪽.

146) 『서울신문』, 1948. 5. 6, 5. 7; 『조선일보』, 1948. 5. 7(『자료』, 7, 21쪽); 홍태희(홍태식의 외동딸) 면담.

147) 「홍명희와 한 담화」, 『김일성전집』 제8권, 평양: 조선로동당출판사, 1994, 12~21쪽.

148) 중앙일보 특별취재반, 앞의 책, 하권, 369쪽; 조규하 외, 『남북의 대화』, 한얼문고, 1972, 353쪽.

149) 홍기문, 「불멸의 사랑을 추억하며」, 『조선신보』, 1977. 6. 10, 6. 11.

150) 홍석중, 「벽초의 소설 『림꺽정』과 함축본 『청석골대장 림꺽정』에 대하여」, 『노둣돌』, 1993 봄호, 328쪽; 홍기문, 「불멸의 사랑을 추억하며」, 『조선신보』, 1977. 6. 11.

151) 김남식, 『남로당연구』, 돌베개, 1984, 346쪽, 347쪽; 중앙일보 특별취재반, 앞의 책, 하권, 390쪽, 391쪽; 『북한최고인민회의 자료집』 제1집, 국토통일원, 1988, 63~65쪽, 115쪽.

152) 홍기문, 「불멸의 사랑을 추억하며」, 『조선신보』, 1977. 6. 11; 「여기서 우리와 함께 손잡고 일합시다」, 『조선신보』, 1981. 2. 6. 항간에는 홍명희의 딸이 '김일성의 첩'이었다든가, 홍명희가 '김일성의 장인'이었던 관계로 그의 정치 생명이 오래 지속되었다는 풍문이 있었으며, 일부 학술서적도 이를 사실로 간

주하고 있음을 볼 수 있다(김정원, 『분단한국사』, 동녘, 1985, 366쪽). 그러나 인척으로서 당시 북한에서도 홍명희 일가와 내왕이 있던 이구영은 이것이 전혀 사실무근한 일이라고 증언 하였다. 스칼라피노와 이정식 교수는 "일설에 의하면 그의 딸 은 김일성의 첫 아내가 아기를 낳다가 죽자 1949년 이후 김일 성의 가사를 돌보아주었다고 한다"고 했는데(스칼라피노 · 이 정식, 한홍구 옮김, 『한국공산주의운동사』 제3권, 돌베개, 1987, 600쪽), '김일성의 첩' 운운은 이것이 와전된 것이 아닌 가 한다.

153) 스칼라피노 · 이정식, 앞의 책, 제3권, 1987, 600쪽, 601쪽.

154) 홍기문, 「불멸의 사랑을 추억하며」, 『조선신보』, 1977. 6. 11; 김학준, 『북한50년사』, 동아출판사, 1995, 281쪽, 309쪽, 384 쪽; 이구영 면담. 1972년 12월에 출범한 제5기 조선최고인민 회의부터는 종전의 상임위원회가 상설회의로 바뀌었는데, 홍 기문은 제5기(1972~77)와 제6기(1977~82) 조선최고인민 회의 상설회의 부의장이었다.

155) 백남운, 『쏘련인상』, 평양: 조선역사편찬위원회 편집출판부, 1950, 63~326쪽.

156) 『북한최고인민회의 자료집』 제1집, 424~427쪽; 『로동신문』, 1949. 5. 5, 5. 10, 12. 21.

157) 『로동신문』, 1950. 6. 27; 박명림, 『한국전쟁의 발발과 기원』 1, 나남출판, 1996, 304쪽.

158) 홍기문, 「불멸의 사랑을 추억하며」, 『조선신보』, 1977. 6. 11; 『동양일보』, 1992. 6. 25.

159) 김광운, 『통일독립의 현대사』, 지성사, 1995, 310쪽.

160) 중앙일보 특별취재반, 앞의 책, 상권, 1992, 342~353쪽.

161) 이태호, 『압록강변의 겨울』, 다섯수레, 1991, 71~76쪽.

162) 현승걸, 앞의 글, 1990, 319쪽.

163) 홍석중(홍명희의 손자) 면담.

164) 『로동신문』, 1957. 9. 21, 1962. 10. 24, 1967. 12. 17; 김학준, 앞의 책, 1995, 194쪽, 224쪽, 247쪽.

165) 『로동신문』, 1956. 1. 22; 『조선민주주의인민공화국 과학원의 연혁(1953~1957)』, 평양: 과학원출판사, 1957, 13쪽, 14쪽; 김용섭, 『남북 학술원과 과학원의 발달』, 지식산업사, 2005, 186~243쪽.

166) 『북한관계사료집』 6, 국사편찬위원회, 1988, 221쪽, 222쪽; 이신철, 「조국통일민주주의전선연구」, 성균관대학교 석사학위 논문, 1994; 『로동신문』, 1957. 12. 19, 12. 20.

167) 『로동신문』, 1961. 5. 14; 김광운, 앞의 책, 1995, 373쪽; 한모니까, 「4월 민중항쟁시기 북한의 남한 정세분석과 통일정책의 변화」, 한국역사연구회 4월 민중항쟁연구반 지음, 『4·19와 남북관계』, 민연, 2000, 234쪽.

168) 『로동신문』, 1964. 10. 6~11. 북한이 단일팀 구성을 제의하여 한때 남북한 간에 교섭이 빈번했던 사실에 대해서는 『북한연표(1945~1961)』, 국토통일원, 1980, 411쪽, 426~428쪽, 547~582쪽; 『조선중앙연감 1964년판』, 평양: 조선중앙통신사, 1964, 224~226쪽 참조.

169) 홍석중, 앞의 책, 1993, 328쪽, 329쪽.

170) 이철주, 『북의 예술인』, 계몽사, 1966, 236쪽; 이구영 면담.

171) 홍기문, 「불멸의 사랑을 추억하며」, 『조선신보』, 1977. 6. 11.

172) 「홍명희 동지의 서거에 대한 부고」, 『로동신문』, 1968. 3. 6.

173) 홍명희, 「선혈로 물들여진 력사」 1, 『천리마』, 1964. 10, 40쪽.

174) 김성수 엮음, 『북한 『문학신문』 기사목록』, 한림대학교 아시아 문화연구소, 1994, 14쪽.

175) 리창유, 「장편소설 『림껵정』에 대하여」, 홍명희, 『림껵정』 제1 권, 평양: 문예출판사, 1982, 1~7쪽.

176) 홍석중, 「후기」, 홍명희, 『림껵정』 제4권, 평양: 문예출판사, 1985, 354쪽.

177) 편집부, 「작가와 장편소설 『청석골대장 림껵정』에 대하여」, 홍 명희 원작, 홍석중 윤색, 『청석골대장 림껵정』, 평양: 금성청 년출판사, 1985, 2~4쪽; 홍석중, 「벽초의 소설 『림껵정』과 함 축본 『청석골대장 림껵정』에 대하여」, 앞의 책, 324~339쪽.

178) 김성수, 「영상으로 보는 남과 북의 『임껵정』」, 『통일문학의 선 구, 벽초 홍명희와 『임껵정』』, 앞의 책, 355~375쪽.

179) 박종화, 「왕양(汪洋)한 바다같은 어휘」, 『조선일보』, 1939. 12. 31(『벽초자료』, 283쪽); 박태원, 「음우(淫雨)—자화상 제 1화」, 『이상(李箱)의 비련(悲戀)』, 깊은샘, 1991, 197쪽.

참고문헌

기본자료(집)

홍명희, 『학창산화』(學窓散話), 조선도서주식회사, 1926.

_____, 『임꺽정』(林巨正) 전4권, 조선일보사출판부, 1939~1940.

_____, 『임꺽정』전6권, 을유문화사, 1948.

_____, 『림꺽정』전6권, 평양: 국립출판사, 1954~1955.

_____, 『림꺽정』전4권, 평양: 문예출판사, 1982~1985.

_____ 원작, 홍석중 윤색, 『청석골 대장 림꺽정』, 평양: 금성청년출판사, 1985.

_____, 『임꺽정』전9권, 사계절출판사, 1985.

_____, 『임꺽정』전10권, 제3판, 사계절출판사, 1995.

국사편찬위원회 엮음, 『자료 대한민국사』1~7, 1968~1974.

국사편찬위원회 엮음, 『북한관계자료집』6, 1988.

국토통일원, 『북한최고인민회의 자료집』1 · 2, 1988.

김성수 엮음, 『북한『문학신문』기사목록』, 한림대학교 아시아문화연구소, 1994.

임형택 · 강영주 엮음, 『벽초 홍명희와 『임꺽정』의 연구자료』, 사계절출판사, 1996.

조선문학가동맹 중앙집행위원회 서기국 엮음, 『건설기의 조선문학』, 조선문학가동맹, 1946.

친일반민족행위 진상규명위원회, 『2006년도 조사보고서』 I · II, 친일반민족행위진상규명위원회, 2006.

『괴산군지』, 증보판, 괴산군, 1990.

『동아일보사사』 1~3, 동아일보사, 1975.

『서울신문 사십년사』, 서울신문사, 1985.

『여흥민씨세계보』(驪興閔氏世系譜), 회상사, 1974.

『풍산홍씨대동보』(豊山洪氏大同譜), 농경문화사, 1985.

『한국명문통보』(韓國名門統譜), 한국계보협회, 1980.

『한국현대문학자료총서』 1~17, 거름, 1987.

姜德相 · 梶村秀樹 編, 『現代史資料』 29, 東京: みすず書房, 1972.

姜在彦 編, 『光州抗日學生事件資料』, 多古屋市: 風媒社, 1979.

단행본

강영주, 『한국 역사소설의 재인식』, 창비, 1991.

_____, 『벽초 홍명희 연구』, 창비, 1999.

_____, 『벽초 홍명희 평전』, 사계절출판사, 2004.

권영민, 『한국계급문학운동사』, 문예출판사, 1998.

김기주, 『한말 재일 유학생의 민족운동』, 느티나무, 1993.

김남식, 『남로당연구』, 돌베개, 1984.

김병철, 『한국근대서양문학이입사(移入史)연구』, 을유문화사, 1980.

김삼수, 『한국에스페란토운동사』, 숙명여자대학교출판부, 1976.

김승환, 『해방공간의 현실주의문학연구』, 일지사, 1991.

김 억, 『에스페란토 독학』, 박문서관, 1923.

김용섭, 『남북 학술원과 과학원의 발달』, 지식산업사, 2005.

김윤식, 『이광수와 그의 시대』 1~3, 한길사, 1986.

_____, 『해방공간의 문학사론』, 서울대학교출판부, 1989.

김일성, 『김일성전집』 8, 평양: 조선로동당출판사, 1994.

김준엽·김창순, 『한국공산주의운동사』 1~5, 청계연구소, 1986.

김택영, 『김택영전집』 2, 아세아문화사, 1978.

김학준, 『북한 50년사』, 동아출판사, 1995.

김희곤, 『중국 관내 한국독립운동단체연구』, 지식산업사, 1995.

도진순, 『한국민족주의와 남북관계』, 서울대학교출판부, 1997.

박명림, 『한국전쟁의 발발과 기원』 1·2, 나남, 1996.

박태원, 『이상(李箱)의 비련』, 깊은샘, 1991.

백남운, 『쏘련인상』, 평양: 조선역사편찬위원회 편집출판부, 1950.

백 철, 『조선신문학사조사』 현대편, 백양당, 1949.

서중석, 『한국현대민족운동연구』, 역사비평사, 1991.

우사연구회 엮음, 서중석 지음, 『남북협상─김규식의 길, 김구의
    길』, 한울, 2000.

이광수, 『이광수전집』 전10권, 우신사, 1979.

이균영, 『신간회연구』, 역사비평사, 1993.

이태호 지음, 신경완 증언, 『압록강변의 겨울』, 다섯수레, 1991.

임중빈, 『한용운일대기』, 정음사, 1974.

정원택, 『지산(志山)외유일지』, 탐구당, 1983.

정인보, 『담원 정인보전집』 전6권, 연세대학교출판부, 1983.

정인보, 정양완 옮김, 『담원문록』(薝園文錄) 전3권, 태학사, 2006.

조규하 외, 『남북의 대화』, 한얼문고, 1972.

조용만, 『육당 최남선』, 삼중당, 1964.

_____, 『30년대의 문화예술인들』, 범양사, 1988.

_____, 『경성야화』, 창, 1992.

중앙일보 특별취재반, 『조선민주주의인민공화국』상·하, 중앙일보
　　　사, 1992~1993.

최　준, 『한국신문사』, 신보판, 일조각, 1990.

한창엽, 『임꺽정의 서사와 패로디』, 국학자료원, 1997.

홍기문, 『정음발달사』상·하, 서울신문사, 1946.

_____, 『조선문법연구』, 서울신문사, 1947.

_____, 김영복·정해렴 편역, 『홍기문조선문화론선집』, 현대실학사,
　　　1997.

홍명희문학제학술논문집 기획위원회 엮음, 『통일문학의 선구, 벽초
　　　홍명희와 『임꺽정』』, 사계절출판사, 2005.

홍수경·홍무경, 『조선의복·혼인제도의 연구』, 을유문화사, 1948.

『조선민주주의인민공화국 과학원의 연혁(1953~1957)』, 평양: 과
　　　학원출판사, 1957.

『태서명작단편집』, 조선도서주식회사, 1924.

『해방기념시집』, 중앙문화협회, 1945.

加藤周一, 김태준·노영희 옮김, 『일본문학사서설』1·2, 시사일본
　　　어사, 1996.

吉田精一·奧野健男, 유정 옮김, 『현대일본문학사』, 정음사, 1984.

瀧川勉 외, 편집부 옮김, 『동남아시아 현대사입문』, 나남, 1983.

姬田光義 외, 편집부 옮김, 『중국근현대사』, 일월서각, 1985.

루카치, 이영욱 옮김, 『역사소설론』, 제3판, 거름, 1999.

스칼라피노·이정식, 한홍구 옮김, 『한국공산주의운동사』, 1~3, 돌

베개, 1986.

논문 및 기타 자료

강영주, 「한국근대역사소설연구」, 서울대 박사학위논문, 1986.
_____, 「『임꺽정』과 꾸쁘린의 『결투』」, 『진단학보』 제92호, 2001. 12.
_____, 「『임꺽정』의 창작과정과 『조선왕조실록』」, 『한국현대문학연구』 제20집, 한국현대문학회, 2006. 12.
권순긍, 「『임꺽정』의 민족문학적 의의」, 『동서문학』, 1998 겨울호.
김근수, 「의사(義士) 홍범식군수」, 『괴향문화』 6집, 괴산향토사연구회, 1998.
김성수, 「영상으로 보는 남과 북의 『임꺽정』」, 홍명희문학제학술논문집 기획위원회 엮음, 『통일문학의 선구, 벽초 홍명희와 『임꺽정』』, 사계절출판사, 2005.
김승환, 「『임꺽정』의 서사구조에 대하여」, 『운강 송정헌선생 화갑기념논총』, 보고사, 2000.
박영희, 「현대한국문학사」 1~10, 『사상계』, 1958. 4~1959. 4.
변승웅, 「대한제국 초기의 사립학교 설립운동」, 건국대 석사학위논문, 1982.
송기중 외, 『『조선왕조실록』 보존을 위한 기초 조사 연구』 1, 서울대학교출판부, 2005.
신재성, 「1920~30년대 한국 역사소설연구」, 서울대 석사학위논문, 1986.
윤여탁, 「해방정국의 문학운동과 조직에 대한 연구」, 김윤식 외, 『해방공간의 문학운동과 문학의 현실인식』, 한울, 1989.

이신철, 「조국통일민주주의전선연구」, 성균관대 석사학위논문, 1994.

장석흥, 「사회주의 수용과 신사상연구회의 성립」, 『한국독립운동사연구』 5집, 한국독립운동사연구소, 1991.

조성훈, 「좌우합작운동과 민족자주연맹」, 『백산 박성수교수 화갑기념논총―한국독립운동사의 인식』, 백산박성수교수화갑기념논총간행위원회, 1992.

주 혁, 「조선사정연구회의 연구」, 한양대 석사학위논문, 1991.

하타노 세츠코(波田野節子), 「도쿄 유학시절의 홍명희」, 홍명희문학제학술논문집 기획위원회 엮음, 『통일문학의 선구, 벽초 홍명희와 『임꺽정』』, 사계절출판사, 2005.

한모니까, 「4월 민중항쟁시기 북한의 남한 정세분석과 통일정책의 변화」, 한국역사연구회 4월 민중항쟁연구반 지음, 『4·19와 남북관계』, 민연, 2000.

현승걸, 「통일 념원에 대한 일화」, 『통일예술』 창간호, 광주, 1990.

홍석중, 「벽초의 소설 『림꺽정』과 함축본 『청석골대장 림꺽정』에 대하여」, 『노둣돌』, 1993 봄호.

면담

성명	홍명희와의 관계	일자	장소
유호준(兪虎濬)	재종제(再從弟)	1992. 7. 7	서울 양재동 자택
이구영(李九榮)	인척, 제자	1998. 2. 25	이문학회(以文學會)
정교영(鄭喬泳)	생질	1995. 7. 28	서울 반포동 자택
정양완(鄭良婉)	정인보의 삼녀	1992. 6. 19	정신문화연구원
정희영(鄭喜泳)	생질	1996. 8. 5	신한은행 의무실
조규은(趙圭恩)	고종사촌 누이	1995. 9. 1	대전시 법동 자택

홍 면(洪勉)   당질   1992. 6. 24   괴산 제월리 자택
홍석중(洪錫中) 손자   2005. 7. 20, 24 평양 인민문화궁전
홍태희(洪泰熹) 사촌 누이 1999. 9. 19   청주 예술의 전당

홍명희 연보

1888년(1세)	7월 2일(음력 5월 23일), 충북 괴산군 괴산면 인산리에서 홍범식(洪範植)과 은진 송씨 간의 장남으로 태어남. 본관은 풍산. 자는 순유(舜兪), 호는 가인(假人, 可人)·벽초(碧初).
1890년(3세)	모친 은진 송씨 별세.
1892년(5세)	한문을 배우기 시작.
1900년(13세)	여흥 민씨가의 규수 민순영과 조혼함.
1902년(15세)	서울 중교의숙(中橋義塾)에 입학.
1903년(16세)	9월, 장남 홍기문(洪起文) 태어남.
1906년(19세)	일본 도쿄(東京)에 유학하여 도요(東洋)상업학교 예과에 편입.
1907년(20세)	도쿄 다이세이(大成)중학교에 편입. 서양문학을 비롯한 다양한 분야의 독서에 탐닉함.
1910년(23세)	다이세이중학교를 졸업하고 귀국. 『소년』지에 번역시 「사랑」 등을 발표하여 신문학운동에 동참. 8월 29일, 금산군수로 재직 중이던 부친 홍범식이 경술국치에 항거하여 순국함.

1912년(25세)	해외 독립운동에 투신하고자 중국으로 떠남.
1913년(26세)	상하이(上海)에서 박은식·신규식·신채호 등과 함께 독립운동 단체 동제사(同濟社) 활동을 함.
1914년(27세)	11월, 독립운동을 위한 재정적 기반을 구축하고자 난양(南洋)으로 향함.
1915년(28세)	싱가포르에 정착하여 활동함.
1918년(31세)	7월, 난양으로부터 중국을 거쳐 귀국.
1919년(32세)	3월, 3·1운동 당시 괴산만세시위를 주도하여 투옥됨. 출판법 위반으로 징역 1년 6월을 선고받음.
1920년(33세)	4월, 징역 10월 14일로 감형되어 만기 출감.
1923년(36세)	서울에서 조선도서주식회사 전무로 근무. 7월, 사회주의 사상단체 신사상연구회에 창립회원으로 가담.
1924년(37세)	5월,『동아일보』주필 겸 편집국장으로 취임. 11월, 신사상연구회의 후신인 화요회에 가담.
1925년(38세)	4월, 시대일보사로 옮겨 편집국장·부사장을 지냄.
1926년(39세)	3월,『시대일보』사장이 됨. 9월, 칼럼집『학창산화』간행. 9월, 비타협적 민족주의자들을 중심으로 한 연구단체 조선사정조사연구회 결성에 참여함. 10월, 정주 오산(五山)학교 교장으로 취임.
1927년(40세)	2월, 민족협동전선 신간회(新幹會)가 결성될 때 주도적인 역할을 하고, 결성 후 신간회 조직부 총무간사로 활동. 오산학교 교장직을 사임.
1928년(41세)	11월 21일,『조선일보』에『임꺽정』을 연재하기 시

작함.

1929년(42세) 12월, 신간회 민중대회사건으로 투옥됨. 그로 인해 『임꺽정』 연재를 중단함(「봉단편」, 「피장편」, 「양반편」까지 연재됨).

1931년(44세) 4월, 보안법 위반으로 징역 1년 6개월을 선고받음.

1932년(45세) 1월, 가출옥으로 출감.
12월, 『조선일보』에 『임꺽정』 연재를 재개함(「의형제편」부터).

1934년(47세) 9월, 『임꺽정』 「의형제편」 연재를 끝내고 「화적편」 연재를 시작함.

1935년(48세) 12월, 병으로 인해 『임꺽정』 연재를 중단함.

1937년(50세) 12월, 『조선일보』에 『임꺽정』 연재를 재개함(「화적편」 '송악산' 장부터).

1939년(52세) 7월 4일, 『임꺽정』 연재를 중단함.
10월, 조선일보사출판부에서 『임꺽정』 제1권이 간행됨(1940년 2월까지 전4권이 간행됨).
경기도 양주군 노해면 창동으로 이주하여 은둔생활을 함.

1940년(53세) 『조광』 10월호에 『임꺽정』 연재를 재개함. 그러나 단 1회 게재 후 『임꺽정』 연재는 영구히 중단됨.

1945년(58세) 8월 15일, 해방의 감격 속에서 시 「눈물 섞인 노래」를 지음.
11월, 서울신문사 고문으로 취임.
12월, 조선문학가동맹 중앙집행위원장, 에스페란토 조선학회 위원장, 조소(朝蘇)문화협회 위원장에 추대됨.

1946년(59세)	3월, 서울신문사 고문직을 사임함.
1947년(60세)	10월, 중간파 정당인 민주독립당을 창당하고 당 대표에 취임.
1948년(61세)	2월~11월, 을유문화사에서 『임꺽정』 전6권이 간행됨.
	4월, 평양에서 열린 남북연석회의에 참가. 그 후 북에 잔류.
	9월, 조선민주주의인민공화국 부수상으로 임명됨.
1952년(65세)	10월, 과학원 원장이 됨.
1954년(67세)	12월, 평양 국립출판사에서 『림꺽정』 제1권이 간행됨(1955년 4월까지 전6권이 간행됨).
1961년(74세)	5월, 조국평화통일위원회 초대 위원장이 됨.
1962년(75세)	10월, 부수상직을 사임하고 조선최고인민회의 상임위원회 부위원장으로 선임됨.
	부친 홍범식에게 대한민국 건국 공로훈장 단장(單章)이 추서됨.
1968년(81세)	3월 5일, 노환으로 별세.

작품목록

제목	게재지 · 출판사	연도

■ 소설

제목	게재지 · 출판사	연도
임꺽정(林巨正)	조선일보	1928. 11. 21~1939. 7. 4
임꺽정	조광	1940. 10(1회 게재 후 연재 중단)
임꺽정(전4권)	조선일보사출판부	1939. 10~1940. 2
임꺽정(전6권)	을유문화사	1948. 2~11
림꺽정(전6권)	평양 국립출판사	1954. 12~1955. 4
림꺽정(전4권)	평양 문예출판사	1982. 10~1985. 3
임꺽정(전9권)	사계절출판사	1985. 8
임꺽정(전10권)	사계절출판사(재판)	1991. 11

■ 시 · 시조 · 한시

제목	게재지 · 출판사	연도
우제(偶題)	대한흥학보	1909. 4
조배공문(吊裵公文)	대한흥학보	1909. 6
술회(述懷)	삼천리	1934. 5. 7

축 만해형 육십일수(祝卍海兄六十一壽)

		1939
눈물 섞인 노래	해방기념시집	1945
	(중앙문화협회)	
8·15 기념	서울신문	1946. 8. 11
곡 몽양(哭夢陽)	서울신문	1947. 8. 5
담원시조를 읽고	담원시조(정인보 저)	1948

■번역

쿠루이로프 비유담	소년	1910. 2
사랑	소년	1910. 8
로칼노 거지 노파	동명	1923. 4. 1
후작부인	폐허 이후	1924. 1
산책녈, 모나코 죄수, 옥수수, 젓 한 방울		
	태서명작단편집	1924
헨델과 그레텔	중외일보	1927. 12. 2~8
다섯치 못	자력	1928. 3

■수필 · 칼럼

학창산화(學窓散話)	조선도서주식회사	1926
서적에 대하야 고인이 찬미한 말		
	소년	1910. 3
육당(六堂)께	동명	1922. 10. 1
가을	개벽	1924. 10

청춘을 어찌 보낼까	별건곤	1929. 6
자서전	삼천리	1929. 6, 9
양아잡록(養痾雜錄)	조선일보	1936. 2. 13~26
곡 단재(哭丹齋)	조선일보	1936. 2. 28
상해 시대의 단재	조광	1936. 4
온고쇄록(溫故鎖錄)	조선일보	1936. 4. 18, 21
곡 호암(哭湖巖)	조선일보	1939. 4. 8
내가 겪은 합방 당시	서울신문	1946. 8. 27
스딸린선생의 인상	로동신문	1949. 12. 21
선혈로 물들여진 력사	천리마	1964. 10~1965. 12
3·1인민봉기를 회상하고		
	문학신문	1966. 3. 1
3·1의 나날을 되새기며		
	천리마	1967. 3

■ 평론

신흥문예의 운동	문예운동	1926. 1
예술기원론의 일절	문예운동	1926. 5
난설헌(蘭雪軒)의 시인 가치		
	자력	1928. 3
창간사	신소설	1929. 12
대(大) 톨스토이의 인물과 작품		
	조선일보	1935. 11. 23~12. 4
문학에 반영된 전쟁	조선일보	1936. 1. 4
역일시화(亦一詩話)	조광	1936. 10

문학청년들의 갈 길	조광	1937. 1
언문소설과 명청소설의 관계		
	조선일보	1939. 1. 1
호암의 유저에 대하야	조선일보	1940. 4. 16
전국문학자 대회 인사 말씀		
	건설기의 조선문학	1946
조선대표작가전집 간행에 대하야		
	신세대	1946. 3

■논설문

일괴열혈(一塊熱血)	대한흥학보	1909. 3
신간회의 사명	현대평론	1927. 1
근우회에 희망	동아일보	1927. 5. 29
정포은(鄭圃隱)과	정포은선생 탄생	1938. 1
역사성	600년 기념지	
이조 정치제도와 양반사상의 전모		
	조선일보	1938. 1. 3~5
지도자의 반성	서울신문	1946. 8. 8
정치인의 자기비판	자유신문	1946. 8. 15
임진왜란과 충무공	조선일보	1946. 11. 26
나의 정치노선	서울신문	1946. 11. 17~19
청년 학도에게	경향신문	1947. 1. 5
통일이냐 분열이냐	개벽	1948. 3

■ 대담

청빈낙도하는 당대 처사 홍명희씨를 찾아

	삼천리	1936. 4
조선문학의 전통과 고전	조선일보	1937. 7. 16~18
이조문학 기타	삼천리문학	1938. 1
홍벽초 · 현기당 대담	조광	1941. 8

벽초 홍명희선생을 둘러싼 문학 담의

	대조	1946. 1
홍명희 · 설의식 대담기	새한민보	1947. 9. 중순호
홍명희 · 설정식 대담기	신세대	1948. 5
청년시절을 더듬어	문학신문	1966. 3. 15

연구서지

단행본

강영주,『한국 역사소설의 재인식』, 창비, 1991.

_____,『벽초 홍명희 연구』, 창비, 1999.

_____,『벽초 홍명희 평전』, 사계절출판사, 2004.

민충환 엮음,『『임꺽정』우리말 용례 사전』, 집문당, 1995.

임형택 · 강영주 엮음,『벽초 홍명희『임꺽정』의 재조명』, 사계절출판사, 1988.

_____,『벽초 홍명희와『임꺽정』의 연구자료』, 사계절출판사, 1996.

채진홍,『홍명희의『임꺽정』연구』, 새미, 1996.

_____ 엮음,『홍명희』, 새미 작가론 총서 7, 새미, 1996.

최 명,『소설이 아닌『임꺽정』』, 조선일보사, 1996.

한창엽,『임꺽정의 서사와 패러디』, 국학자료원, 1997.

홍기삼,『홍명희—어느 민족주의자의 생애』, 건국대학교출판부, 1996.

홍명희문학제학술논문집 기획위원회 엮음,『제10회 홍명희문학제 기념 학술논문집—통일문학의 선구, 벽초 홍명희와『임꺽정』』, 사계절출판사, 2005.

일반논문

강영주, 「홍명희와 역사소설 『임꺽정』」, 김윤식·정호웅 엮음, 『한
국근대리얼리즘작가연구』, 문학과지성사, 1988.

_____, 「『임꺽정』과 꾸쁘린의 『결투』」, 『진단학보』 제92호, 2001.
12.

_____, 「벽초 홍명희와 대산 홍기문」, 『제10회 홍명희문학제 기념
학술논문집―통일문학의 선구, 벽초 홍명희와 『임꺽정』』, 사
계절출판사, 2005.

_____, 「『임꺽정』의 창작과정과 『조선왕조실록』」, 『한국현대문학
연구』 제20집, 한국현대문학회, 2006. 12.

_____, 「여성주의의 시각에서 본 홍명희의 『임꺽정』」, 『여성문학연
구』 제16호, 한국여성문학학회, 2006. 12.

강진호, 「역사소설과 『임꺽정』」, 민족문학사연구소 엮음, 『민족문학
사강좌』 하, 창비, 1996.

_____, 「디지털 시대에 읽는 『임꺽정』」, 『문학사상』, 2000. 10.

권순긍, 「『임꺽정』의 민족문학적 의의」, 『동서문학』, 1998 겨울호.

김남일, 「『임꺽정』에 나타난 우리말 표현 연구―조선어에 가장 섬
부(贍富)한 보고」, 『민족예술』, 1996. 12.

김문창, 「『임꺽정』의 어휘세계」 1·2, 『말글생활』, 1994 여름호·
1994 가을호.

김성수, 「영상으로 보는 남·북한의 『임꺽정』」, 『충북작가』, 2003
겨울호.

김소현, 「소설 『임꺽정』에 나타난 복식 묘사의 시각적 재현을 위한
연구」, 『충북작가』, 2006 겨울호.

김승환, 「단재 신채호와 벽초 홍명희」, 『오당 조항근선생 화갑기념

논총』, 1997.

_____, 「벽초 홍명희의 문학사상」, 『민족문학사연구』 13호, 민족문학사연구소, 1998. 12.

_____, 「『임꺽정』의 서사구조에 대하여」, 『운강 송정헌선생 화갑기념논총』, 보고사, 2000.

_____, 「해방 이후 벽초 홍명희의 문학과 사상」, 『한국학보』 117호, 2004 겨울호.

_____, 「역사소설과 역사—벽초의 『임꺽정』을 중심으로」, 『국어국문학』 141호, 국어국문학회, 2005. 12.

김영일, 「『임꺽정』에 나타나는 어휘의 특질」, 『어문학』 67호, 한국어문학회, 1999. 6.

김외곤, 「『임꺽정』과 한국 근대문학」, 『호서문화논총』 15집, 서원대학교 호서문화연구소, 2001. 2.

김은경, 「'모계인물 모티프'를 통한 홍명희의 『임꺽정』 다시 읽기—저항담론적 성격 고찰 및 역사소설로서의 위상 재조명」, 『어문연구』 121호, 2004 봄호.

김정숙, 「홍명희의 문학관과 『임꺽정』의 현재성」, 『문학마당』, 2006 가을호.

김정숙·송기섭, 「홍명희와 『임꺽정』—민중적 언어 공동체와 주체적 근대의 모색」, 『한국문학이론과 비평』 제33집, 2006. 12.

김조년, 「프랑크푸르트학파의 사회비판이론에 비추어 본 홍명희의 비판사상」, 채진홍 엮음, 『홍명희』, 새미 작가론 총서 7, 새미, 1996.

김진석, 「『임꺽정』 연구」, 『호서문화논총』 제13집, 서원대학교 호서문화연구소, 1999.

_____, 「『임꺽정』에 나타난 작가의식 연구」, 『한국문학이론과 비

평』제9집, 한국문학이론과 비평학회, 2000.

김헌선, 「『임꺽정』의 전통계승양상 고찰」, 『경기대 대학원 논문집』
　　제6집, 1990.

문학사연구회, 「소설 『임꺽정』이 남긴 것」, 『동서문학』, 1998 겨울호.

민충환, 「『임꺽정』을 보는 한 시각」, 『부천대학논문집』 제19집,
　　1998.

_____, 「『임꺽정』과 홍석중 소설에 나타난 우리말」, 『충북작가』,
　　2004 겨울호.

박대호, 「민중의 주변부성과 향약자치제적 세계관—홍명희의 『임
　　꺽정』」, 구인환 외, 『한국현대장편소설연구』, 삼지원, 1989.

박배식, 「홍명희의 역사체험과 『임꺽정』의 현실인식」, 『비평문학』
　　제10호, 1996. 7.

박수경, 「『임꺽정』의 서술방식과 그 의미」, 『한국문학연구』 제4호,
　　경기대 한국문학연구소, 1995.

박재승, 「소설 『임꺽정』의 국어교육적 가치 고찰」, 『개신어문연구』
　　제22집, 2004. 12.

박종홍, 「『임꺽정』의 초점인물과 시각 고찰」, 『문예미학』 제5호, 문
　　예미학회, 1999. 6.

박희병, 「근대문학의 주체적 인식과 분단의 극복」, 『창작과비평』,
　　1989 봄호.

송명희 외, 「『임꺽정』과 『갑오농민전쟁』의 담론양식과 언어분석—
　　언어학적 데이터베이스 분석을 중심으로」, 『우리말연구』 제11
　　집, 우리말학회, 2001. 12.

신동호, 「『임꺽정』에서 『황진이』까지 I—홍명희, 홍기문, 홍석중 3
　　대의 문학과 삶」, 『문학과 경계』, 2005 여름호.

안숙원 · 송명희, 「역사소설 『임꺽정』과 『갑오농민전쟁』의 담론 양

식 연구」, 『한국문학이론과 비평』 제15집, 2002. 6.

양보경, 「『임꺽정』의 지리학적 고찰」, 『제10회 홍명희문학제 기념 학술논문집 — 통일문학의 선구, 벽초 홍명희와 『임꺽정』』, 사계절출판사, 2005.

양진오, 「『임꺽정』연구 — 민족을 상상하는 방식에 관하여」, 『어문학』 제79호, 2003.

이기인, 「『임꺽정』의 심미적 특성에 대하여」, 『어문논집』 40집, 안암어문학회, 1999. 8.

이남호, 「벽초의 『임꺽정』 연구」, 『동서문학』, 1990. 3.

이두호, 「소설 『임꺽정』과 만화 『임꺽정』에 관하여」, 『충북작가』, 2006 겨울호.

이우용, 「역사소설과 민중의 삶 — 홍명희의 『임꺽정』」, 『문학의 힘과 비평의 깊이』, 온누리, 1991.

이 훈, 「역사소설의 현실 반영 — 『임꺽정』을 중심으로」, 『문학과 비평』, 1987 가을호.

임명진, 「『임꺽정』의 '엮음'에 대하여」, 『이규창박사 정년기념 국어국문학논집』, 집문당, 1992.

임형택, 「벽초 홍명희와 『임꺽정』 — 그 현실주의 민족문학적 성격」, 홍명희, 『임꺽정』 제10권, 재판, 사계절출판사, 1991.

_____, 「한국 근대문학에 있어서 『임꺽정』의 위상」, 『청주문학』, 1996 겨울호.

장노현, 「『임꺽정』의 삽입구조 — 끝나지 않는 이야기」, 『정신문화연구』 76호, 1999 가을호.

장세윤, 「벽초 홍명희의 현실인식과 민족운동」, 『한국독립운동사연구』 제15집, 독립운동사연구소, 2002.

장수익, 「강담 양식으로 담은 민중적 시각 — 홍명희의 『임꺽정』론」,

한남어문학 제26집, 한남대학교 국어국문학회, 2002. 2.

장양수, 「『임꺽정』의 의적 모티브 고」, 『동의어문논집』 제5집, 1991.

정미애, 「『임꺽정』 연구—창작 동인과 조선정조를 중심으로」, 『한국언어문학』 제52집, 2004. 6.

정종진, 「『임꺽정』의 '의'(義)사상 표현기법」, 국제문화연구 제19집, 청주대학교 국제협력연구원, 2001. 2.

정진명, 「소설『임꺽정』속의 활」, 『청주문학』, 1999 겨울호.

정호웅, 「벽초의 『임꺽정』론—불기(不羈)의 사상」, 『문학정신』, 1990. 9.

주강현, 「벽초 홍명희의 『임꺽정』과 풍속의 제문제」, 『역사민속학』 제15호, 한국역사민속학회, 2002. 12.

주영하, 「홍명희와 일제시대 조선민속학」, 『충북작가』, 2002 겨울호.

_____, 「소설『임꺽정』의 조선음식 묘사에 대한 연구」, 『제10회 홍명희문학제 기념 학술논문집—통일문학의 선구, 벽초 홍명희와 『임꺽정』』, 사계절출판사, 2005.

채길순, 「홍명희의 『임꺽정』과 우리 소설의 '전통적 문체' 계승에 대해—벽초와 루신의 문체 비교를 중심으로」, 『충북작가』, 2005 겨울호.

채진홍, 「홍명희의 문학관과 반 문명관 연구」, 『국어국문학』 121호, 1998. 5.

_____, 「8·15 직후 홍명희의 통일관과 문학관의 상관성 연구」, 『한국언어문학』 44호, 한국언어문학회, 2000. 5.

_____, 「홍명희의 정치관과 문예운동론 연구」, 『한국학연구』 12호, 고려대학교 한국학연구소, 2000. 7.

_____, 「홍명희의 톨스토이관 연구」, 『국어국문학』 132호, 국어국

문학회, 2002. 12.

_____, 「혼인이야기를 통해서 본 『임꺽정』의 혁명성과 반혁명성 연구」, 『현대소설연구』 30호, 2006. 6.

_____, 「홍명희의 실생활 문학관과 톨스토이의 예술관」, 『문학마당』, 2006 가을호.

최상진, 「소설 『임꺽정』에 대한 심리학적 접근」, 『제10회 홍명희문학제 기념 학술논문집─통일문학의 선구, 벽초 홍명희와 『임꺽정』』, 사계절출판사, 2005.

최인자, 「『임꺽정』의 민중언어세계와 국어교육」, 『선청어문』 제21집, 서울대학교 사범대학 국어교육과, 1993.

하타노 세츠코(波田野節子), 「동경유학시절의 홍명희」, 『충북작가』, 2003 겨울호.

_____, 「홍명희의 양반론과 『임꺽정』」, 사에구사 도시카쓰 외, 『한국근대문학과 일본』, 소명출판, 2003.

_____, 「『林巨正』の '不連續性' と '未完性' について」, 『朝鮮學報』 第195輯, 2005. 4.

_____, 「『林巨正』執筆第二期に見られる 'ゆれ' について」, 『朝鮮學報』 第199・200輯 合併號, 2006. 7.

한승옥, 「벽초 홍명희의 『임꺽정』 연구」, 『숭실어문』 6집, 1989. 4.

_____, 「『임꺽정』의 다성적 특질고」, 『현대문학이론연구』 제4집, 한국현대문학이론연구회, 1994. 10.

한희숙, 「홍명희의 『임꺽정』에 수용된 역사적 사실에 대한 검토」, 『지역학논집』 4집, 숙명여자대학교 지역학연구소, 2000. 12.

홍기삼, 「『임꺽정』의 인간주의」, 『문학사상』, 1992. 9.

홍성암, 「계급주의적 역사소설의 효시 『임꺽정』」, 『한민족문화연구』, 한민족문화학회, 1999. 1.

홍순권, 「홍명희―혁명적이며 민족적이고자 했던 '중간 길' 지식인의 문학과 정치적 선택」, 한영우선생정년기념논총 간행위원회 엮음, 『한국사 인물 열전』 3, 돌베개, 2003.

홍정선, 「벽초 홍명희의 문학관과 『임꺽정』」, 홍명희 원작, 홍석중 윤색, 『청석골대장 임꺽정』, 동광출판사, 1989.

홍정운, 「『임꺽정』의 의적 모티브」, 『문학과 비평』, 1987 여름호.

_____, 「홍명희론」, 『해금문학론』, 미리내, 1991.

학위논문

강도순, 「홍명희의 『임꺽정』 연구」, 충북대 석사학위논문, 1995.

강민혜, 「벽초 홍명희의 『임꺽정』 연구―문체 특성을 중심으로」, 고려대 교육대학원 석사학위논문, 1990.

강영주, 「한국근대역사소설연구」, 서울대 박사학위논문, 1986.

강현조, 「홍명희의 『임꺽정』 연구―서사분석을 중심으로」, 연세대 석사학위논문, 1999.

고정욱, 「한국근대역사소설연구」, 성균관대 박사학위논문, 1992.

공임순, 「홍명희의 『임꺽정』 연구―유교이념의 형상화를 중심으로」, 서강대 석사학위논문, 1993.

_____, 「한국 근대 역사소설의 장르론적 연구」, 서강대 박사학위논문, 2001.

구현서, 「벽초 홍명희의 『임꺽정』 연구」, 건국대 교육대학원 석사학위논문, 1994.

김영화, 「홍명희의 『임꺽정』 연구」, 영남대 교육대학원 석사학위논문, 1997.

김은진, 「『수호전』과 『임꺽정』의 서사구조 비교 연구」, 원광대 석사학위논문, 2001.

김재영, 「『임꺽정』의 현실성 연구」, 연세대 박사학위논문, 1998.

김재화, 「홍명희의 『임꺽정』 연구」, 상지대 교육대학원 석사학위논문, 1999.

김정효, 「벽초의 『임꺽정』 구조 분석을 통한 현실 수용 양상에 대한 고찰」, 교원대 석사학위논문, 1992.

_____, 「『임꺽정』의 서술방법과 형상화에 관한 연구」, 아주대 박사학위논문, 2002.

김종숙, 「『임꺽정』에 나타난 선어말어미 배합양상과 용례 연구」, 원광대 교육대학원 석사학위논문, 2003.

김필임, 「『임꺽정』의 주인공 성격 분석」, 동아대 석사학위논문, 1993.

남선옥, 「벽초 홍명희 『임꺽정』의 연구」, 성균관대 교육대학원 석사학위논문, 1989.

박명순, 「벽초의 『임꺽정』에 나타난 여성인물 연구」, 공주대 석사학위논문, 1998.

박수경, 「『임꺽정』의 서술 원리」, 경기대 석사학위논문, 1991.

박인화, 「홍명희의 『임꺽정』에 나타난 하층민의 대응방식 고찰」, 서남대 교육대학원 석사학위논문, 2000.

박정연, 「홍명희의 『임꺽정』 연구」, 이화여대 석사학위논문, 1998.

박종홍, 「일제강점기 한국역사소설연구」, 경북대 박사학위논문, 1990.

박지순, 「『임꺽정』의 구성원리」, 군산대 교육대학원 석사학위논문, 2000.

박창국, 「『임꺽정』의 카니발적 특성 연구」, 숭실대 석사학위논문, 1996.

반구오, 「의적소설의 구조와 의미—『홍길동전』『임꺽정』『장길산』을 중심으로」, 전주우석대 교육대학원 석사학위논문, 1993.

백문임, 「홍명희의 『임꺽정』 연구―구성방식을 중심으로」, 연세대 석사학위논문, 1993.

빈중호, 「벽초의 『임꺽정』 연구」, 경원대 석사학위논문, 1991.

손숙희, 「벽초 홍명희의 『임꺽정』 연구」, 동덕여대 석사학위논문, 1993.

_____, 「『임꺽정』의 서사구조 연구」, 동덕여대 박사학위논문, 2001.

신재성, 「1920~30년대 한국역사소설연구」, 서울대 석사학위논문, 1986.

안태영, 「역사소설 『임꺽정』과 『장길산』 연구」, 충북대 교육대학원 석사학위논문, 1990.

유재엽, 「1930년대 한국역사소설연구」, 단국대 박사학위논문, 1996.

이경남, 「홍명희 『임꺽정』 연구」, 국민대 교육대학원 석사학위논문, 1991.

이광진, 「『임꺽정』의 서사구조 연구」, 강원대 석사학위논문, 1996.

이동희, 「벽초 홍명희의 『임꺽정』 연구」, 조선대 박사학위논문, 1996.

이민철, 「벽초 홍명희 『임꺽정』 연구」, 목포대 교육대학원 석사학위논문, 2005.

이종서, 「남·북한 『임꺽정』의 분장에 관한 비교」, 한성대 예술대학원 석사학위논문, 2003.

이중신, 「홍명희의 『임꺽정』 연구―신문소설로서의 특성과 문체」, 한양대 석사학위논문, 1999.

이창구, 「홍명희 『임꺽정』 인물 연구」, 목원대 석사학위논문, 1991.

이희숙, 「홍명희의 『임꺽정』 연구」, 경상대 석사학위논문, 1996.

임미혜, 「홍명희의 『임꺽정』 연구―역사소설의 특징과 형태를 중심으로」, 서강대 석사학위논문, 1989.

임영봉, 「역사소설의 특성에 관한 연구—『임꺽정』과 『장길산』을 중심으로」, 중앙대 석사학위논문, 1992.

임정연, 「홍명희의 『임꺽정』 연구」, 이화여대 석사학위논문, 1998.

장사흠, 「홍명희의 『임꺽정』 연구—서술원리를 중심으로」, 강릉대 석사학위논문, 1995.

장하경, 「소설 『임꺽정』과 만화 『임꺽정』의 비교 연구—이야기 방식을 중심으로」, 숙명여대 석사학위논문, 2001.

장혜란, 「홍명희의 『임꺽정』 연구」, 전북대 석사학위논문, 1991.

전세연, 「홍명희의 『임꺽정』 연구」, 원광대 교육대학원 석사학위논문, 2004.

정미애, 「『임꺽정』 연구」, 전주우석대 석사학위논문, 1989.

정옥수, 「벽초 홍명희의 『임꺽정』 연구」, 연세대 교육대학원 석사학위논문, 1994.

정인보, 「『임꺽정』에 나타난 갖바치의 소설내적 기능과 그 의미」, 안동대 석사학위논문, 2000.

주경화, 「벽초 홍명희의 『임꺽정』 연구」, 전남대 교육대학원 석사학위논문, 1995.

차혜영, 「『임꺽정』의 인물과 서술방식연구」, 한양대 석사학위논문, 1991.

채길순, 「홍명희의 『임꺽정』 연구—민족의식과 정서를 중심으로」, 청주대 석사학위논문, 1991.

채진홍, 「벽초의 『임꺽정』 연구」, 고려대 박사학위논문, 1989.

최경원, 「『임꺽정』 연구—홍명희·최인욱의 작품 비교」, 강원대 교육대학원 석사학위논문, 2004.

최윤구, 「홍명희의 『임꺽정』 연구—엥겔스의 '리얼리즘의 승리'를 중심으로」, 국민대 석사학위논문, 2001.

하재연, 「한국근대역사소설연구」, 광운대 석사학위논문, 1995.

한창엽, 「홍명희의『임꺽정』연구」, 한양대 박사학위논문, 1994.

홍성암, 「한국근대역사소설연구」, 한양대 박사학위논문, 1988.

홍정운, 「한국근대역사소설연구」, 동국대 박사학위논문, 1988.

강영주姜玲珠 1952년 전남 장성에서 태어나 서울대학교 국어국문학과를 졸업하고 같은 학교 대학원에서 문학박사학위를 받았다. 독일 베를린 자유대학 비교문학과에서 수학했으며, 현재 상명대학교 국어교육과 교수로 재직 중이다.

저서에『한국역사소설의 재인식』(1991),『벽초 홍명희연구』(1999),『벽초 홍명희평전』(2004)이 있으며,『벽초 홍명희『임꺽정』의 재조명』(공편, 1988),『벽초 홍명희와『임꺽정』의 연구자료』(공편, 1996)를 엮었다. 논문으로는「1930년대 평단의 소설론」,「국학자 홍기문연구」,「『임꺽정』의 창작과정과『조선왕조실록』」 등이 있다.